Cuando los Rolling Stones llegaron a La Habana

Carol Zardetto

Cuando los Rolling Stones llegaron a La Habana

ALFAGUARA

Cuando los Rolling Stones llegaron a La Habana

Primera edición: junio, 2019

Penguin Random House Grupo Editorial, S. A. de C. V.
Blvd. Miguel de Cervantes Saavedra núm. 301, 1er piso,
colonia Granada, delegación Miguel Hidalgo, C. P. 11520,
Ciudad de México

www.megustaleer.mx

ISBN: 978-607-318-111-2

Impreso en México – *Printed in Mexico*

El papel utilizado para la impresión de este libro ha sido fabricado a partir de madera procedente de bosques y plantaciones gestionadas con los más altos estándares ambientales, garantizando una explotación de los recursos sostenible con el medio ambiente y beneficiosa para las personas.

Penguin
Random House
Grupo Editorial

Sí, di lo que quieras, los comunistas eran más inteligentes. Tenían un plan grandioso, un plan para un mundo absolutamente nuevo donde cada uno encontraría su lugar. Los opositores de los comunistas no tenían un sueño grandilocuente, lo único que tenían era unos pocos principios morales, rancios y sin vida, para parchar los pantalones en harapos del orden establecido. Así fue como los grandilocuentes entusiastas ganaron sobre los cautelosos conservadores y no perdieron tiempo intentando convertir su sueño en realidad: la creación de un idilio de justicia para todos.

Déjame repetirlo: un idilio para todos. La gente siempre aspira a un idilio, un jardín donde los ruiseñores cantan, un reino de armonía donde el mundo no se alza como un extraño frente al hombre ni el hombre se alza contra los demás, donde el mundo y toda su gente están cortados con la misma tijera y el fuego que ilumina los cielos es el mismo que arde en los corazones humanos, donde cada persona es como una nota de una magnífica fuga de Bach y cualquiera que rehúse esa pertenencia es meramente un punto negro, sin utilidad y sin sentido, fácilmente capturado y destruido, como un insecto que se aplasta en medio de los dedos [...]

Pero, de repente, estos jóvenes e inteligentes radicales tuvieron el sentimiento extraño de que al lanzar al mundo su creación, ésta había tomado vida propia, perdiendo toda semblanza a la idea original que ahora ignoraba a quienes la habían creado.

Así, estos jóvenes e inteligentes radicales reclamaron el desvío. Intentaron hacer regresar aquella obra del camino que había emprendido por cuenta propia. Enojados con ella, quisieron cazarla de vuelta.

Si tuviera que escribir una novela acerca de esa generación de talentosos pensadores radicales, la llamaría: "A la cacería de una criatura perdida".

Milan Kundera, *El libro de la risa y el olvido*

El Estado creció hasta ser cien veces más grande que la nación, y no hubo sitio para los dos en esa brizna de país.

Juan Orlando Pérez, *Nada somos ya*

Fue un salto al abismo. Queríamos hacer justicia, pero no sabíamos cómo se hacía.

Raúl Castro

1. Año 2016

El 25 de noviembre a las 22:29 horas murió Fidel el insumergible.

La información llega desde las agencias de noticias hasta la pantalla de mi celular, y me invade de inmediato una sensación de irrealidad. El hombre que había sobrevivido a cientos de atentados, el hombre que había sostenido la Revolución cubana por más de medio siglo, plantándola con osadía justamente allí, en la esquina del imperio más poderoso del planeta Tierra, había sido vencido por el único adversario que su astucia no pudo sortear: la muerte.

Dicen que la noche en que Fidel murió, La Habana se convirtió en un nido de avispas ansiosas. Llamar compulsivamente a conocidos, familiares, amigos, sin importar la hora, quebrando la madrugada con una novedad que inflamaba las líneas telefónicas de aquel asombro. Preguntar, una y otra vez, si era cierto, porque nadie podía creer que fuera verdad. Fidel no era mortal.

Fidel no era “morible”. Fidel era la única certeza inconmovible en un universo lleno de dudas. Él encarnó la realidad mítica que mi generación conoció como "Cuba". Fue él quien la parió.

Y, sin embargo, toda aquella construcción de la fantasía —la inmortalidad de Fidel, la pervivencia del sueño revolucionario— era ya, como se quiera ver, una piel vieja o una pared ruinosa. Años atrás, yo había sentido con mis propias manos la textura de aquellas grietas, de esas arrugas que marcan la vida y las cosas con implacable vejez.

2. Año 2013

El vuelo llega puntual al aeropuerto de La Habana. Son las cuatro y media. No me resulta difícil encontrar a Jaime y a Carlos; ambos llegaron más temprano. Falta Laura. Decidimos tomar una cerveza mientras la esperamos.

Bucanero... La bebida oscura tiene suficiente alcohol para marear desde los primeros sorbos. Viene bien después de la ansiedad de los días anteriores. Presentimientos absurdos sobre trágicos obstáculos que me impedirían llegar a Cuba habían perlado mis noches de pesadillas. Ahora tengo el sello de migración en mi pasaporte. No puedo evitar pensar que, hace apenas unos años, una visita a la isla habría sido un acto clandestino. Vengo de Guatemala, uno de esos países que fueron paraísos de la ultraderecha militarista y que la Guerra Fría unió kármáticamente a Cuba.

Me vienen a la cabeza imágenes en blanco y negro de este aeropuerto: gente presurosa, llena de ansiedad. Quieren salir huyendo de la isla; son los años cincuenta. El recuerdo me lo sembró la película *Memorias del subdesarrollo*. El cine puede marcar con huellas tan claras como las que deja la vida.

Al buen rato aparece una muchacha con rostro de ceniza. La había visto antes en la sala de espera del aeropuerto de Panamá. Entonces no podía sospechar que se trataba de Laura. Pero me había fijado en ella, atraída por la atmósfera espectral que la rodeaba. El cabello canoso, el rostro tan pálido y esa ausencia de energía vital que traduce su cuerpo frágil y encorvado.

Viene envenenada con un problema. No ha podido contratar un seguro médico, como establecen las normas de ingreso a Cuba. Nadie se lo ha exigido al pasar migración, probablemente no pasará nada si no lo obtiene, pero ella insiste, trastabillando con su español precario (es brasileña). Parece estar segura de que bastará un pequeño error para atraer una desgracia en la isla. Se imagina que un papel puede ser la excusa para caer en un kafkiano laberinto. Le han asegurado que en la sala de ingreso hay empresas de turismo donde podrá comprarlo.

Jaime deja de lado su cerveza para acompañarla a resolver el asunto con el obvio resultado: los puestos están cerrados; es domingo en la tarde. Finalmente convencemos a Laura de dejarlo estar. Salimos del engorro de los trámites burocráticos y del aeropuerto.

Venimos todos a recibir un taller de realización de documentales en la Escuela de Cine de San Antonio de los Baños.

3

Afuera, la tarde habla la amable lengua del trópico: cálida, con olor a lluvia y un bajo techo algodonoso contra el cual se recortan las palmeras. El verde selvático brilla contra el cielo gris, alumbrándolo con reflejos fosforescentes.

El taxista nos identifica de inmediato. A lo largo de los años habrá recibido a cientos de estudiantes. Quizá al llegar todos nos vemos igual: descolocados, cargados de cosas inútiles en las grandes maletas, sumergidos en nuestras abigarradas realidades, como en un pesado sueño.

Con el enorme talento que tienen los cubanos para resolver situaciones complicadas, el taxista logra introducir en el minúsculo vehículo las maletas y los pasajeros. Laura insiste en llevar sobre sus piernas la suya porque, según nos informa, no necesita las condescendencias machistas de los compañeros que se ofrecen a ayudarla.

Cuando nos disponemos a iniciar nuestro camino, un policía se acerca y pide los papeles al taxista. Éste entrega un fajo; parecen estar en orden. Se trata de un taxista autorizado. Pero el policía no queda contento. ¿Cómo es que usted conoce a estas personas? Es que… no las conozco. Me enviaron de la Escuela a recogerlas.

Señor, usted no me está respondiendo la pregunta. ¿Por qué las conoce?

El viejo taxista se pone tenso. Sale del coche y, con gesto paternal que no esconde su frustración, intenta contarle la historia completa. Desde hace años trabaja vinculado a la Escuela. Con frecuencia lo envían al aeropuerto para recoger a los alumnos recién llegados. No hay manera de que los conozca con anticipación. ¿Entiendes, chico? La sencillez de la verdad.

Pero el policía es muy joven y parece disfrutar de su fantasía conspirativa. ¿Ellos le escribieron antes de venir?

Nosotros somos esos "ellos" a que se refiere el policía y no sabemos nada de sus preocupaciones. Sabemos que estamos hacinados en la penumbra húmeda de un taxi y que nos ahogamos de calor.

Cuando parece que el autoritario muchacho nos hará terminar el día en una comisaría, comienza a caer la lluvia. Gruesos goterones, adelanto de un aguacero. Lo que las palabras no lograron, lo hace el clima. El policía exclama (con evidente enojo) que él no se va a mojar por ninguna razón de Estado. Devuelve sus papeles al taxista y nos deja partir.

4

La Escuela se extiende sobre una planicie, extenso mar verde que no muestra sus límites. Los esconde en la bruma algodonosa del horizonte.

El arreglo arquitectónico es curioso. Los desaliñados edificios están separados por grandes espacios vacíos que imponen largas caminatas. Cada sector está dedicado a diferentes habitantes: alumnos del curso regular, alumnos de los talleres internacionales, los de altos estudios. En medio, las estancias comunes: el comedor, una cafetería, amplios corredores vestidos de grafiti que atestiguan el paso de luminarias por la Escuela: Steven Spielberg, Francis Ford Coppola, Eliseo Artunduaga y, sobre todo, Fernando Birri, uno de sus insignes fundadores. “Para que el lugar de la Utopía, que, por definición, está en ‘Ninguna Parte’, esté en alguna parte…” Su descuidada caligrafía me hace sentir que sigue presente.

“El lugar de la Utopía…” es el mantra de nacimiento de la Escuela. Uno comprende su significado, pero sólo al final de la experiencia. Sí, el mantra es efectivo, pero al final. Al principio, mencionar la palabra *utopía* a un grupo de gente que llega de otro mundo, donde el vocablo ha entrado en el túnel del desprestigio, donde los códigos en vigencia han sido escritos desde el universo monetizado, consumidor y capitalista, es anacrónico o, para utilizar un término cinematográfico, anticlimático.

No venimos a eso. Para intentar hablar con algo de honestidad, la mayoría sabemos poco a qué venimos. Nos atraen cosas difusas. La magia del cine, la magia de Cuba (el país prohibido), la magia de una escuela auspiciada por una extraña mezcla: Fidel Castro, Gabriel García Márquez y otros desaforados. En fin... Nos atrae todo lo que este lugar y esta experiencia puedan aportar para sacarnos de la igualdad de nuestros días, del hastío existencial. ¿Se puede comprar un antídoto para el vacío?

5

Me asignan un apartamento en el tercer piso. Compartiré habitación con Laura, la chica de ceniza. Al abrir la puerta notamos que la lluvia se ha colado dentro y hay en el piso enormes pozas de agua. Laura me involucra en la faena de secarlo con un trapeador. Mientras cumplimos con la tarea, llega Beatriz. Tiene cara de niña. Se pasea llena de risa y sin consideración sobre el piso recién trapeado, como bien le habrá enseñado su acomodada adolescencia en el apartamento (mucama incluida) que comparte con sus padres en São Paulo. También se hospedará con nosotras.

Aquella noche cenamos una premisa de lo que serán las futuras veinte cenas que nos servirán en la escuela: frijoles, arroz, yuca, un dudoso picadillo (resulta ser de pescado muy salado), varios bollos de pan. Todo nos es servido en cantidades industriales. Un plato colmado de una comida difícil de tragar.

Pero no aquella noche. Aquella noche primera, la comida sustanciosa y austera es la metáfora de un mundo mejor. Nos sentimos reconfortados por eso. Y todo se va sumando: aquella comida, los apartamentos tan sobrios, la lluvia regada en el piso. Un recordatorio de la naturalidad de la vida. Frente a la impostura de las ciudades globalizadas, dominadas por una artificial y golosa sofisticación, la sencillez se va convirtiendo en un lujo deseable.

6

La gran sala de cine de la Escuela lleva el nombre de Glauber Rocha. Cada noche presentan una película icónica. Para hoy se anuncia la última de Abbas Kiarostami. Puedo verla apenas. El cansancio, la cerveza que tomé en el aeropuerto, las impresiones… Mi cerebro está en el intenso proceso de recomponer la realidad.

Prefiero irme a dormir y, mientras camino por las oscuras veredas hacia el apartamento, siento la intensidad del trópico. Se hace presente en la pegajosa atmósfera húmeda, los olores que emanan del campo y, sobre todo, la vibración sonora que emite una cantidad asombrosa de ranas. Han tomado la noche por asalto. Croan desde todos los rincones con un ritmo que adormece.

Al acercarme a las luces de los edificios, me percato de que las escaleras están salpicadas de manchas verdes. Son las ranas. Saltan increíbles distancias al menor estímulo. Atravesar aquel graderío, atacado por oleadas de resortes ligosos, me pone los nervios de punta. Al entrar en el apartamento me siento a salvo.

Eludir los anfibios invasores ha servido para despejarme y ya no tengo sueño. El viento fresco empieza a soplar arrastrando lejos el calor. Me dejo abstraer por un *zapping* mental sin destino.

El perfume adormecedor que anuncia la lluvia entra por las ventanas abiertas. Al acercarme a cerrarlas, descubro una rana mínima, color verde desteñido. Me mira fijamente con las ventosas de sus patas pegadas al vidrio. Intenta introducirse en el edificio dominando su cuerpo a través de una de las paletas entreabiertas. Es un minúsculo gladiador que emplea toda la musculatura de su torso para realizar el hiperbólico esfuerzo. Un extraño vicio la impulsa, un deseo febril. Quiere entrar y nada podrá impedírselo. Ni siquiera yo, ese gigante al cual desafía con la mirada vacía.

Asustada por su insistencia irracional, renuncio a cerrar la ventana y me aparto. Ella salta adentro, sin advertir que este lugar de intrigante fulgor tendrá el mismo efecto mortífero que una brillante planta carnívora. Morirá de hambre, de encierro. El luminoso edificio se la tragará. Pero no hay nada que hacer frente a un animal que muestra tal empuje de deseo.

La huésped inesperada me hace tomar refugio en mi cama. Sueño que estoy perdida en un lugar extraño. En el cielo nocturno no hay estrellas. Brilla infestado de ranas.

7

Abro los ojos y veo a Laura sentada en mi cama. Parece que ha estado esperando justamente eso. Me enseña un frasco de pintura de uñas color rojo profundo. No comprendo qué significa su gesto hasta que explica. Nos las pintaremos esta noche. Lo anuncia como si se tratara de la iniciación a un culto prohibido. Pero, añade, tengo algo que confesarle, una cosiña pequeñita a usted que es mi compañera de cuarto. Tengo una ligera micosis. Así que vamos precisar, ¿cómo se dice?, eso… *pra* desinfectar…

¿Alcohol? Digo aquella palabra (la primera del día) empujada por Laura. No será la última vez que ella maneje mis hilos.

Sí, afirma con determinación, y parece que ha sellado un arreglo capaz de echar a andar un día difícil. Vamos a hallar un poco de alcohol y este día nos pintaremos las uñas color rojo. A continuación se viste con prisa, poniéndose cualquier cosa encima; se enrolla el canoso cabello en un moño. Tengo tanta hambre como un hombre sano, exclama con entusiasmo y sale para tomar el desayuno.

¿Quién es Laura? Sé poco de ella. Es fotógrafa. Trabaja en una revista. Trae como único material de lectura *Strange Fruit,* la biografía de Billie Holiday. Su equipaje abultado contiene más trípodes, cámaras y lentes que ropa y afeites.

Me tomo un buen tiempo para ducharme y cumplir con los rituales. Me maquillo y me seco el cabello con una secadora eléctrica, pensando absurdamente que Laura no lo aprobaría. ¿Y qué espera ella de mí? ¿Que me ponga encima cualquier cosa? ¿Que me enrolle el pelo en un moño? En todo caso, ¿por qué ha de importarme lo que diga una desconocida llamada Laura?

8

La primera sesión de la mañana es con Mariano, el médico de la Escuela, un tipo viejo y lleno de vida. Durante años ha manejado las emergencias de cientos de jóvenes que viven juntos y libres en medio de la nada. Eso lo ha convertido en un tipo sabio.

En cada escritorio hay una docena de condones, regalo de la Escuela para los recién llegados. Mariano inicia su charla advirtiendo que no estaremos libres de emergencias médicas en Cuba. Él ha visto a los estudiantes enfermar de cosas graves: apendicitis, infecciones, neumonías. Da las indicaciones necesarias para los casos de emergencia.

Luego de esta introducción (que hubiera bastado), se embarca en una amena charla. El jocoso discurso tiene un claro propósito de control social. Habla de los extraordinarios excesos en que con frecuencia incurren los alumnos; el alcohol, por ejemplo. Los jóvenes de la Escuela son famosos por sus desmanes. Lo ilustra con lo que él llama las cuatro etapas del fiestero. Con agudo sarcasmo, Mariano nos explica que la primera etapa en el gozoso proceso de emborracharse es la del mono. El más tímido se torna simpático, capaz de reír y hacer reír a los demás. Luego viene la etapa del león, que despierta la agresividad y el instinto sexual. Aquí surgen las trifulcas y… los encuentros amorosos sin reflexión (aparentemente abundan en la Escuela). La mayor parte de estos romances provoca un profundo deseo de olvidarlos al día siguiente. Para paliar sus posibles consecuencias, Mariano habla de los condones que ha repartido. Son gratis y siempre estarán disponibles.

Después llega la etapa de las ovejas. Contrariamente a lo que la mayoría podría pensar, la depresión que el alcohol produce no se soluciona ingiriendo más alcohol. Cuando se llega aquí, la etapa del mono ha quedado atrás. Uno ya no podrá recuperar el paraíso perdido. El momento es peligroso: los leones rondan a las ovejas y les tienden una emboscada. O bien, las ovejas caen en la trampa de tomar más licor y terminan siendo cerdos. La intoxicación causa vómitos y otros inconvenientes. El médico les recuerda a las chicas (¿por qué sólo a las chicas?) el horrible espectáculo que ofrecerán si llegan hasta allá, el más excesivo de los excesos.

Después de describir las vicisitudes a que nos expone el placer de abandonarnos al alcohol, el viejo se refiere a las drogas. Nos ilumina sobre las normas penales en Cuba, donde la posesión y el tráfico son delitos graves. Aparte, muchos de los supuestos expendedores son policías encubiertos. Así que consumir droga en esta isla es asunto delicado.

Conclusión: alcohol con mesura. Nada de drogas. El sexo *per se,* con todo y sus excesos, no preocupa, siempre y cuando se utilicen los mágicos condones, precaución de alegres colores. La isla no es un lugar donde el intercambio sexual se vea con ojos de mojigatería. La isla es un lugar caliente de cuerpo.

9

Belkis Vega. Sus ojos me impresionan más que ninguna otra cosa. Dos puntos oscuros y penetrantes que hablan tanto como sus palabras. Se para en el corredor mientras espera a que lleguemos a la clase. Su figura se ve demasiado alta, demasiado recia para el pequeño bastón que le sirve de sostén.

Una vieja matrona romana vencida por la edad. Sin embargo, al nomás acercarnos, su presencia irradia solidez de roca. Pronto aprenderemos cómo la ha construido. No es una artista de escritorio. Era adolescente cuando triunfó la Revolución en Cuba; fue corresponsal de guerra en Angola y Líbano; documentalista en el Congo, Siria y Palestina. Sus certezas nacen de lo que ha vivido.

Por esa razón le creemos y no tenemos problema alguno con su firmeza. Estamos dispuestos a aceptarla como la gran gurú del cine documental que es y a ser guiados por su mano. Ciertamente, tiene la capacidad de convertir lo complejo en simple (sin simplificarlo), además de la entrañable virtud de trasladarnos a momentos clave del cine documental, como aquel en el que el camarógrafo de Santiago Álvarez, el documentalista cubano, lloró en Vietnam porque el humano que había en él no soportaba ver lo que grababa su cámara; o a memorias fundamentales, como las dos ocasiones en que vio volcarse a la calle, transido de dolor, al pueblo cubano: cuando el Che fue asesinado en Bolivia y cuando Allende se pegó un balazo.

10

Las siguientes semanas en la Escuela se trata de flotar cómodamente dentro del tibio y oscuro vientre de la sala de cine. Las historias que Belkis nos narra, las que nos entregan las imágenes proyectadas sobre la pantalla, en medio de la oscuridad de la sala, nos hacen distanciarnos del mundo de los mortales. Somos seres plásticos, viviendo existencias cambiantes dentro de aquellos relatos y sus imágenes indelebles.

Escuchamos a Belkis contar que Robert Joseph Flaherty comenzó a moverse por los hielos del Ártico a principios del siglo XX. Su cámara lo hechizó con las imágenes de los pueblos inuit, que le despertaron una ardiente curiosidad. Tanta, que lo hicieron abandonar su trabajo como explorador de las minas de hierro en la bahía de Hudson.

A esos seres que tanto lo fascinaron, él los llamó "extranjeros". Su poderosa elección de ese vocablo encerraba todo un drama. Él era un hombre "civilizado" intentando desarmar los prejuicios de lo que entendía como civilización. Fue su cámara la que lo llevó por ese poco transitado camino: aprender a amar la diversidad humana, reconocerse a sí mismo en ese otro al que llamaba extranjero, aunque, en aquellas tierras que exploraba, el extranjero era él.

A partir de su propia experiencia, creyó con entera convicción que el cine estaba llamado a la tarea colosal de permitir la comprensión entre extraños, tender puentes a la empatía mediante los relatos de la realidad. No se trataba simplemente de documentar. Se trataba de "elaborar" la realidad. Hallar en la vida el sentido dramático que las historias de ficción necesitan fingir.

Su encuentro con los pueblos inuit fue para Flaherty la ocasión para crear el primer documental tratado como obra de arte: *Nanook, el esquimal.*

Reflexiono que Gauguin tuvo el mismo sueño. Quiso contagiar a Europa de su veneración por la gente de los mares del sur. Una mirada no colonialista, una mirada entre iguales.

Todo el material fílmico del primer viaje de Flaherty se quemó. Tuvo que regresar y volver a filmar. Pero entonces ya había nacido en su cabeza un relato: la batalla por sobrevivir a la crudeza del invierno en el Ártico. El coraje que mostraban los inuit ante la adversidad le parecía tan digno de admiración que quería exponerlo al mundo como muestra del heroísmo humano. Fue el azar lo que permitió a Flaherty descubrir la importancia del encuadre.

Dentro de la enmarañada madeja de la realidad, el encuadre se convierte en un esfuerzo por ordenarla y comprenderla (con todas las tiranías que esto conlleva). Sí, el encuadre construye el relato.

Nanook cooperó con entusiasmo al empeño de Flaherty. Escenificó para él cacerías de animales salvajes, construyó un iglú para la cámara, cayó en el encanto de verse a sí mismo en una representación de la realidad concebida por otro. La compleja relación de intimidad con el documentalista nace de ese intercambio de miradas.

El vínculo esencial y profundo de los esquimales con la naturaleza (mitad veneración y mitad horror) quizá resultó primitivo para los habitantes citadinos que vieron en una sala de cine aquel documental. Quizá debido a su exotismo, *Nanook, el esquimal* fue un éxito en su época e inauguró festivamente la entrada del cine documental al seno del arte cinematográfico.

Más allá de una repentina fascinación por lo extraño, pronto la gente volvió a sentir mayor interés en las pieles que cazaba Nanook y en la posibilidad de lucir bien en las noches de teatro que en la vida de aquellos extraordinarios seres, hijos de un prístino país de hielo.

De Flaherty pasamos al *kino-glaz* (cine-ojo) de Dziga Vertov. La palabra precisa para describir la experiencia de ver *El hombre de la cámara* es entusiasmo. Una sucesión vertiginosa de imágenes nos trasladan el despertar de la ciudad. Pero más parece que despierta la promesa de un mundo nuevo, impulsado por el ritmo implacable de la máquina. Tres ciudades soviéticas unidas por el montaje para constuir la idea del hormiguero humano. También despierta una mujer, la vemos levantarse, ponerse ropa íntima. La cámara es el ojo que revela todo.

Vertov pudo comprender que la naturaleza del cine era sensorial y que, justamente por ello, le convenía construir una narrativa propia, alejada de sus abuelos: el teatro y la literatura.

Vertov quería escapar de la puesta en escena, de la falsedad de las imágenes de ficción dedicadas a lo que consideraba una representación vil de la vida. "El cine debe ser un medio de hacer visible lo invisible, claro lo oscuro, evidente lo oculto, desnudo lo disfrazado." ¿Modificar la realidad? No. Revelarla.

Para ello, había que centrarse en el montaje. Allí, en la sala de edición, el autor construye relaciones que no son aparentes, convierte las percepciones visuales y auditivas en objetos de reflexión. El secreto está en filmar ideas, no imágenes.

Creyó con profunda convicción que el cine estaba destinado a ser un vehículo revolucionario, un instrumento capaz de transformar la sociedad. El cine debería ser como su propio apodo: Dziga Vertov, un trompo que gira…

Poseídos por ese dulce hechizo, vemos *Olympia,* de Leni Riefenstahl. Un poema que no usa palabras, sino cuerpos perfectos. El asombro no es gratuito. Leni utilizó infinidad de trucos. Los clavadistas parecen pájaros porque introdujo secuencias en reversa para producir el efecto deslumbrante. Las secuencias de los nadadores se tomaron desde balsas flotantes. Los maratonistas fueron filmados por decenas de cámaras al ras del suelo y otras tan cercanas que podemos escuchar su corazón latir. El esfuerzo, impresionante. Las ideas, brillantes. Miles de atletas diestros, ágiles, poderosos, confirman ante nuestros ojos la tesis del nazismo sobre la posibilidad del superhombre. Un precioso don estético, sustentado con una ilimitada cantidad de recursos financieros que no dejaban de fluir desde las arcas del Tercer Reich.

De pronto comprendí el poder de aquellas imágenes tomadas de la realidad cruda, sin dramaturgia, pero sí con estudiada manipulación. El cine documental era un eficaz instrumento de persuasión. Esos cineastas no tenían bajo su mando ejércitos armados. Pero eran magos capaces de manipular elementos portentosos; la imaginación, por ejemplo.

El lúcido pensamiento de Dziga Vertov, su poder innovador, fue demasiado para los burócratas del Partido Comunista, que buscaron sofocar su genio. Fue acusado de estúpidos crímenes, como ser antirrealista, narcisista, y de representar de manera "reaccionaria" la realidad soviética. Los burócratas querían películas fáciles, al alcance de las masas, que sirvieran para "educarlas". Vertov no soportaba aquel paternalismo; afirmaba que los obreros y campesinos a los que se pretendía proteger se mostraban más inteligentes que sus comedidas niñeras. En sus propias palabras: "El asunto no es limitar el arte, sino extender el horizonte de la gente".

Las ideas artísticas de Leni, sus innovaciones —que han sido imitadas *ad infinitum* por el cine, las revistas de moda, la publicidad—, le valieron la condena en varios juicios que emprendió en su contra el gobierno francés. La sometieron a tratamientos psicológicos para "desnazificarla". Confiscaron sus bienes y no pudo producir nada en más de cuarenta años. La crueldad nunca fue privilegio de los nazis.

11

Belkis se esmera en contraponer la "esencia" del documental, basada en la vida misma, las personas de carne y hueso, la realidad presente ante nuestros ojos, a los caprichos de la ficción.

Me molesta su dedicada insistencia en subrayar esa división tan convenientemente dicotómica. El tema me parece complejo y urgente problematizarlo más allá de las afirmaciones académicas. La ficción toma todos sus elementos de la realidad y los manipula. El documentalista toma sus elementos de la realidad y los manipula. Mi propia intuición me dice que la línea divisoria es borrosa, difusa... e inútil.

Quizá más importante es lo que intuyó Vertov. La narrativa que interesa no es aquella que reproduce lo obvio y propaga los condicionamientos sociales. Importa la que revela, desnuda, saca a luz lo invisible.

12

En el apartamento pasamos muchas noches sin pintarnos las uñas de rojo, como Laura anunció el primer día. Cuando volvemos al anochecer, tenemos la cabeza inquieta como un hormiguero. Nos reunimos en la sala para seguir discutiendo. Se me ocurre mencionar a Leni Riefenstahl. Me atrevo a opinar que la belleza y audacia de sus producciones hacen que las acusaciones en su contra parezcan injustas. ¿Qué importa si su genio contribuyó a crear la imagen gloriosa del nazismo? Ella elevó el arte cinematográfico a otro nivel. De eso, ni duda cabe.

Laura salta sobre mí como un tigre. ¿Cómo puede usted decir eso tan horrible? Sus ojos parecen lanzas, y el desprecio con que condimenta las palabras aprieta mis peores botones. Me lanzo a defender el derecho del artista a desarrollar su talento, a realizar su búsqueda personal, ajeno a los vericuetos de la política o de la ética. Pierdo toda ecuanimidad. Agrego que Leni hizo bien en utilizar al régimen nazi para tener los recursos que necesitaba (lo digo como si se tratara de una profunda convicción, aunque entiendo que el problema es mucho más complejo). Muchos grandes artistas han usado los recursos del poder económico y político para sobrevivir y hacer lo que de otra manera no habrían podido. Miguel Ángel dobló la rodilla ante la Iglesia, añado para terminar mi argumento, pensando que nadie podría refutar la grandeza de sus frescos.

Sí, me confronta Laura, pero la Iglesia no provocó un holocausto que mató a millones de seres humanos.

Ah, ¿no?, respondo con sorna, convencida de que Laura me la ha puesto fácil. ¿Y la persecución de brujas y otros "herejes" por parte de la Inquisición? ¡Hubo un genocidio de mujeres! Para reafianzar mi argumento añado: ¿Y los extraordinarios retratistas de Napoleón? ¿Fueron ellos responsables de los millones de muertos que él ocasionó con sus guerras? ¿Debe un artista imponerse un deber ético por encima de su deseo estético? ¿Está obligado políticamente? ¡Borges fue condenado por faltar a las supuestas obligaciones políticas de la izquierda y le negaron los honores que merecía!

Pero usted no puede comparar a Borges, que es un humanista, con una mujer nazi que es una arpía, una abusadora de presos húngaros…

Obviamente, he logrado poner a Laura fuera de sí. Lo que pasa, continúa muy descontrolada, es que usted piensa que Beatriz y yo (¡increíble alianza fortuita que saca de la manga!) somos infantiles y estúpidas.

En aquel momento estamos tan ofuscadas que veo en la sencilla Laura a uno de esos personajes grises que describen las novelas. Desde su mentida inocuidad, desde su apocada presencia... peligrosa.

Beatriz se siente aludida por la candente disputa y afirma con determinación: A mí, Leni me parece despreciable.

Ignoro a Beatriz y continúo. ¿Habría cambiado algo la política nazi si ella hubiera rechazado el apoyo financiero del Reich? ¿Y el arte? ¿Qué habría perdido el arte sin la genialidad de Leni? ¿No fue ella imprescindible?

Mis preguntas confunden a Laura y también a Beatriz. Laura empieza a balbucear frases incomprensibles en una mezcla de portugués muy rápido y español muy malo. Beatriz responde a mis furibundas preguntas con una interrogante desdeñosa: ¿Podemos ir a la piscina? ¡Hace demasiado calor!

La salida tangencial de Beatriz hace a Laura cambiar de tono. ¡Ay, Bea!... ¡Usted es demasiado joven! Por eso puede pensar que es lindo bañarse con la luna y *tudo* eso. La última frase trae entretejida la melosa música del bossa nova y yo entiendo que la emperrada disputa ha terminado. Leni Riefenstahl ha sido condenada por el estigma de su filiación nazi esta noche…, otra vez. Y nada podrá hacerse al respecto.

Beatriz y Laura continúan su risueña perorata en portugués. Mientras, yo me pregunto si habría aceptado dinero para exaltar a uno de los sangrientos militares de mi propio país, con tal de recibir apoyo financiero para dedicarme a producir películas.

13

Rouch, Resnais, Marker... Poderosos intelectos. En medio de la oscuridad de una sala de cine, nos lanzan a la cara verdades terribles sobre quiénes somos: humanos, raza infernal, bella, odiosa, tierna, gloriosa, vulnerable, nefasta.

En todo caso, sus creaciones abren nuestra capacidad de VER, y esta sala de cine se convierte en templo. Entonces surge de dentro un impulso de hacer eso con nuestra vida. Ser uno de ellos, reveladores de grandes verdades.

Resnais dijo que las esculturas africanas no son representaciones de dioses; son plegarias. Los documentales de estos hombres también son eso: plegarias.

14

Por las tardes, se trata de nadar. La brillante piscina olímpica se eriza con el viento. Nadie viene y me dedico a ese goce solitario. Una hora de caricias acuáticas, con el poder sanador de la meditación en movimiento.

La natación es un placer adictivo. No sé si se trata de algo erótico y sensorial, provocado por el roce sedoso del agua contra el cuerpo, la inusual sensación de flotar, la psicodelia de los diseños que crea la luz al filtrarse en el agua, el expansivo azul.

O quizá sea algo más liberador. El limpio silencio líquido convierte la natación en un mantra corpóreo. Nadar es como volar. Los seres confinados a la tierra cargamos siempre con el peso de nuestro cuerpo, con el peso de nuestros inacabables pensamientos. En el agua somos callados, menos terrenos.

Con los días, Laura empieza a aparecer a la misma hora. Tenemos en aquella piscina una comunión sin palabras. Dejamos atrás el mundo que se vuelve borroso. Tan borroso como el fondo del agua.

15

Un exilio monástico. A los conductores de la Escuela les gusta llamar así a nuestra experiencia educativa. Clases, comida, natación, cine y sueño. Eso, añadido al neurótico afán de comunicarse con el exterior mediante un tortuoso servicio de internet. Si no fuera por el pernicioso vicio de las comidillas en Facebook, todos se habrían dado por vencidos.

La Escuela es una isla dentro de otra isla. Un monasterio dedicado a meditar acerca del cine.

La apacible rutina se rompe los viernes. Avisos pegados en la pared, o pasados de boca en boca, anuncian la fiesta que alguno de los grupos organiza. Todas terminan siendo memorables. Sí, esas fiestas desatan readecuación de las parejas (el intercambio es frecuente), demasiada bebida, extravagantes aventuras nocturnas que se convierten en la narrativa épica del día siguiente. Aderezados con monumentales resacas, los relatos que se cuentan en el comedor el día sábado son excesivos, como si se tratara de los desmanes de un grupo de prisioneros que encuentran súbito alivio a sus restricciones.

El sábado, después del desayuno, la Escuela se vacía. Los estudiantes que no tienen trabajos urgentes pueden viajar a La Habana, esa perpetua tentación que titila a lo lejos. Un servicio gratuito de transporte parte por la mañana y regresa al atardecer. Muchos se quedan hasta el domingo. Vuelven en el bus que los recoge justo frente a la heladería Coppelia.

El tiempo pasa lento en medio del vaivén de esas suaves rutinas. No hay sobresaltos, excepto por las infinitas ranas que, impelidas por elusivas razones, desean con fervor ser digeridas por la masa de cemento del luminoso edificio de apartamentos.

Las historias se multiplican con el transcurrir de los días. Ranas en los inodoros, desde donde saltan cuando un usuario inadvertido hace el intento de sentarse. Ranas en las regaderas que se prenden de los pechos velludos con la persistencia de sus poderosas ventosas. Ranas que pueden sorprender en cualquier momento y alterar el curso de las cosas. Su irrupción desmiente la monotonía, anuncia algo impreciso que, amodorrados por el calor y la falta de problemas, no tenemos la capacidad de prever.

16

Fuera de las clases, las filiaciones afectivas se han establecido en el grupo de documentalistas. Jaime ha olvidado nuestro inicial contacto en el aeropuerto y ahora se dedica con fervor a las dos muchachas más bonitas del grupo: María, una chica española que de ordinario trabaja en un *call center,* y Antonia, una linda italiana que vive en Canadá. Seguramente en ese país tan protegido Antonia ha desarrollado miedos viscerales a las cosas más normales. Nos advierte con recia autoridad acerca de los peligros de nadar cuando hay tormenta. Nos reímos con la ingenua tranquilidad de quien ha nacido en el trópico y siempre ha vivido bajo sus lluvias melodramáticas. ¿Qué? ¿No veis que os partirá un rayo? Con un español aprendido en España, reclama sorprendida por nuestra indiferencia a sus razonables advertencias.

Juancho es boliviano, gay, sumamente amanerado. Cuando lo conocí dijo que hacía trabajo social con varios colectivos de mujeres. Resulta obvio que prefiere su compañía. El otro día me pidió que le regalara unos anteojos oscuros que compré por unos dólares en el aeropuerto. Son exageradamente femeninos y me hace gracia que los quiera. Se los regalo. Con ellos puestos, su rostro de cejas depiladas adquiere un toque siniestro, como si fuera la encarnación de un oscuro personaje de cómic.

Hay tres chilenos. Rose, quien me recuerda a Barbra Streisand, con sus poderosos ojos azules y respetable nariz, aunque tiene el pelo muy negro; Andrea, antropóloga con marcado acento aimara, y Martín, fotógrafo reconocido, con una brillante melena canosa que siempre lleva suelta. Se acuerpan en alianza compatriota.

Carlos, el mexicano, prefiere dedicar su tiempo libre a dejarse absorber por la vida virtual en su *laptop*. Dice que es por su novia, que no perdonaría el silencio. Giselle, la única chica cubana, es demasiado joven para ser madre, pero tiene un hijo de un año. Le preocupa que su familia no pueda conseguir suficiente comida para el niño mientras dura su beca. Viven en la provincia de Camagüey, donde también existe una pequeña escuela de cine.

Laura muestra cada día con mayor brío que tiene un temperamento complejo. Cuando su ansiedad se desata, parece que el mundo está a punto de derrumbarse. Exagera problemas nimios, procurando involucrar a todos los que quepan en el asunto. En las pláticas nocturnas nos ha contado que vive con un hombre del cual dice sentirse "muy enamorada", pero su exmarido también tiene para ella una importancia central. Él está demasiado solo, ¿sabe? He pensado que lo mejor sería que viviera con nosotros. ¡Los tres juntitos podríamos estar tan bien!

La Escuela tiene un viejo sistema telefónico que se maneja desde una planta a la cual los cubanos llaman "pizarra". No permite hacer llamadas por cobrar y las tarjetas telefónicas son inaccesibles en el plantel. Este detalle es un drama para Laura. Ella necesita hablar todos los días con su exmarido porque, como ella dice: "Él está demasiado solo, ¿sabe?" Algunas veces son los guardias de seguridad que viajan cada noche a La Habana quienes le resuelven el problema de las tarjetas telefónicas. Otras, los estudiantes que se escapan subrepticiamente. El tema de las tarjetas telefónicas de Laura va tomando el cariz de tráfico oculto, contrabando prohibido. Cuando alguien se hace cargo, los demás podemos, finalmente, ocuparnos de nuestras cosas.

El amor que Laura siente por los animales convierte cada día en un drama distinto. Y el asunto es que los perros vagabundos abundan en la Escuela. Se alimentan de las sobras del restaurante y de las chucherías que los alumnos les dan de comer. Laura no puede pensar claramente cuando un perro se acerca. Como por encanto, toda otra cuestión se aleja de su conciencia y sólo existe la presencia perruna con su cauda de problemas: el perro desnutrido, el que tiene pulgas o ácaros, el que está lastimado. También recoge a los ciempiés que atraviesan las veredas y acusa de asesinos a quienes inadvertidamente los pisan; salva a las arañas cada vez que puede, sin contar con su diaria labor de evacuar del edificio a las ranas.

Las compulsiones de Laura y su dedicación a atenderlas me divierten y perturban al mismo tiempo. Su impresionante habilidad para llamar la atención sobre sí misma es como la gravedad de la atmósfera. En medio de sus excentricidades, Laura es divertida. Su humor ocurrente, punzante, oportuno, fresco, le otorga sobre nosotros un extraño poder.

17

Crónica de un verano. Jean Rouch y Edgar Morin realizaron una curiosa aventura de *cinéma-vérité* en París. Se trataba de lanzarse a la calle con una cámara de cine, micrófono en mano, a preguntar a los habitantes de aquella ciudad excepcional acerca de su cotidianidad. ¿Eres feliz?

La sencilla pregunta, directa y cruda, sirvió para construir el retrato de una época. Era el año de 1960, inicio de una década turbulenta que ya anunciaba los aires revueltos del 68. Los habitantes de la Ciudad Luz se sentían ahogados por el sistema. Se trataba de la emergencia de "la ciudad moderna" (ese monstruo macrocefálico). Era también el trabajo mecánico cuyo propósito es inasible para el individuo que invierte en él su precioso tiempo vital. Eran las demandas de la economía. Pero también era la guerra de Argelia, la del Congo.

Cuatro o cinco horas de cinta cinematográfica con mensajes que salen de la intimidad del humano común y corriente, gente que camina por las calles vestida de anonimato, cargando sobre su experiencia vital la explotación material, el embrutecimiento que imponen los sofisticados sistemas de la modernidad: la fábrica, la oficina. Sus palabras saben a alienación. La más común de las enfermedades es la infelicidad.

La producción sufrió a manos de los límites tajantes de la industria. Fue editada para cumplir con el requerimiento del cine comercial de la "hora y media", tiempo máximo para contar una historia. Aquella tiranía sobre el material nos privó de conocer más acerca de nosotros mismos. Para Edgar Morin, fue una mutilación.

Marceline tiene un tatuaje en el brazo. Es un número y una figura que semeja un triángulo, pero realmente es la mitad de la estrella de David. El número y el símbolo la estigmatizan como judía. Aquella marca inscrita en su cuerpo es una cicatriz. Habla de la razón de su infelicidad. Ella explica que es sobreviviente del holocausto judío. La memoria de aquel acontecimiento es otra cicatriz.

En la pantalla, la vemos caminar por la Plaza de la Concordia. Sus palabras, reproducidas en *off*, nos cuentan que a esa hora la plaza está vacía, como lo estaba entonces. Hace diecisiete años... Lo recuerda con exactitud.

Habla para sí misma en un fluir de la conciencia que resulta innovador para la narrativa cinematográfica. Fue deportada a Auschwitz. Su padre le explicó que no tenía por qué tener miedo. Irían juntos. Allá trabajarían en las fábricas. *Arbeit macht frei* (El trabajo libera), la frase inscrita en la puerta de entrada era todo un sarcasmo. Las puertas de los infiernos míticos ostentan siempre una frase evocadora. Éste no podía quedarse atrás. A diferencia de los otros, su promesa era una mentira retorcida. Su padre le explicó que, sin duda alguna, ella volvería a Francia, su hogar, porque era joven. Él ya no regresaría.

Nos veremos todos los sábados, dijiste, papá. Pero, cuando te encontré en el campo, teníamos ya seis meses de haber llegado y no sabía dónde estabas. Caímos uno en los brazos del otro. Y entonces apareció el oficial de la SS. El bastardo corrió a pegarme. Tú gritabas: ¡Es mi pequeña!, ¡es mi pequeña! Entonces el guardia amenazó con pegarte a ti también. Tenías una cebolla en la mano y la pusiste en la mía. Me llamaste tu pequeña niña. Preguntaste por mamá y Michel. Casi me sentí feliz de estar en aquel lugar porque tú también estabas allí. Yo te amaba tanto. Ah, papá, papá… Cómo quisiera tenerte ahora.

En la secuencia cinematográfica, Marceline se convierte en una sombra que transita por el tubo luminoso de la estación ferroviaria. Lleva una maleta, como si quisiera evocar aquel siniestro viaje. Su silueta se vuelve cada vez más pequeña. Ahora es minúscula; sabemos que va a desaparecer, como desaparecieron millones de judíos.

Cuando volví me había endurecido. Los vi en la estación a mamá y a Michel. Cuando me besaron, mi corazón era una piedra.

La historia de aquella mujer es apenas un punto en esa constelación de laceraciones que es la memoria colectiva. Gente que mira la felicidad como una lejana cerca electrificada.

Por la noche, le hago la pregunta a Laura. ¿Eres feliz? Ella se acerca a mi cama y me enseña una foto en su computadora. Es mi madre, comenta. La mujer que me mira de vuelta desde la pantalla posee una belleza singular. Está vestida con su traje de bailarina, lleno de luces y un cuidadoso maquillaje de teatro subraya sus facciones. Sonríe. Hay en sus ojos un brillo espectacular. Sí... Es una mujer feliz.

Laura cambia la imagen. Una mujer deforme, envejecida de pronto, con la mirada perturbada de alguien que respira, pero no parece viva. Es mi madre, ahora. Padece una enfermedad degenerativa. Sus músculos se deshacen. Pronto no podrá tragar. Ella amaba la danza más que ninguna otra cosa.

Nos abandonó a mí y a mi padre para seguir su sueño en los grandes escenarios. Mi padre siempre se echó la culpa. Decía que ella era demasiado para él, que había hecho bien en marcharse. Lo único que quería era bailar. Le apostó todo.

Dicen que la cuida una enfermera, que su actual marido no la aguanta, que la odia. Me atormenta pensar que tarde o temprano la abandonará. ¿Es ése el precio que se paga por vivir?

Laura aparenta desinteresarse de la conversación, juega con el teclado de su computadora. Y, como si hubiera estado conteniendo algo enraizado que antes no encontró cómo hacer brotar, añade: La enfermedad es hereditaria, ¿sabe? Yo podría desarrollarla. A veces, la siento adentro a la espera de que la olvide y pueda saltarme encima. Me pregunto qué haré cuando suceda, qué pasará cuando sea su prisionera.

Laura me mira llena de interrogantes. ¿Qué dice de esta historia? ¿Cree que soy feliz?

De manera muy precaria, intento apaciguar su miedo. Le aseguro que ella no se enfermará, que su madre no quedará en el abandono, que la vida responderá a sus expectativas porque son razonables y humanas.

Apago la luz de la habitación cuando Laura se duerme. La azulina fosforescencia de su computadora queda brillando en medio de la habitación. Al acercarme a apagarla, capta mi atención la imagen de su pantalla: dos caballitos chinos de porcelana azul puestos sobre una mesa. Un paisaje doméstico. ¿Será su casa?

Mi curiosidad tiene un asidero. Yo tengo unos caballitos idénticos. Entre todas sus diferencias, dos desconocidas que viven en lugares lejanos tienen en común un par de caballitos azules… Eso y la fangosa sensación de que la felicidad es terreno resbaladizo.

18

Yo, un negro, el documental de Jean Rouch, nos acerca a un grupo de jóvenes inmigrantes nigerianos en Treichville, suburbio en Abidjan, la ciudad más populosa e industrializada de Costa de Marfil.

Han viajado allí en busca de una sola cosa: dinero. Pero les aguarda la desilusión. Aquella promesa dorada brilla... por su ausencia.

Treichville atrae gente como ellos. Allí se encuentra un gran puerto que da trabajo a obreros sin educación ni especialidad laboral. Son mano de obra barata que ganará lo mínimo necesario para no morirse de hambre. Eso no significa que no tengan sueños.

Pero ¿qué sueñan? Sueñan con las fantasías que el hombre blanco sembró en su cabeza. *Cowboys* y divas como Dorothy Lamour, el boxeo y los grandes públicos que vitorean la fuerza bruta de los negros, como en un circo romano. Sueñan con ser ricos, tener un automóvil que sea la insignia de su bonanza.

Europa estableció sus colonias en África. El hombre blanco se adjudicó las riquezas y dejó a cambio la destrucción de una enorme diversidad de mundos. Con aquella destrucción, llegó el subdesarrollo (que no es más que la inserción de un pueblo en un orden que no le pertenece y que no maneja). También llegó la pobreza y una fantasmagoría de héroes ajenos.

Aquellos sacos con granos de café que los inmigrantes cargan en sus espaldas con un gesto que parece repetirse *in aeternum* son riqueza del suelo africano. Se los apropia Europa, con otro gesto que también parece repetirse *in aeternum.*

Además de adueñarse de los recursos, el hombre blanco coloniza el imaginario de los negros. Éstos se ven a sí mismos en las imágenes que de ellos proyecta el europeo. La sirvienta uniformada que sabe servir, el negro que resulta simpático porque se emborracha y baila bien.

Discutimos en clase aquel documental. Según Belkis, Jean Rouch quiso cambiar la tónica del cine que mostraba siempre a los europeos como narradores de toda historia. En su obra, es "el colonizado" quien habla de sí mismo. El drama que narra es ese que oculta el mundo occidental, tan ocupado en vender "el progreso" como un bien accesible para todos, un bien universal. Tal noción se siembra para cosechar el inagotable deseo de alcanzar toda suerte de "tierras prometidas".

Belkis cuestiona la propuesta de Rouch. ¿Por qué escogió ese personaje como portavoz de la conciencia africana? No era militante de la causa de la independencia, no era un obrero consciente, no era un artista. Solamente era un tipo simpático, lleno de divertidas ocurrencias.

Rouch lo conoció por azar; era gran bailarín, como todo "buen negro", y justamente por eso se ajustaba al estereotipo discriminador. Más allá de sus buenas intenciones, Rouch pretendió hablar por África a través de ese personaje.

Belkis nos pregunta: ¿Necesitaba África que alguien hablara por ella? Entonces, ¿el cine descoloniza o sirve más bien para reafirmar los conceptos que hemos interiorizado del propio colonizador?

Dentro de mí, puedo reconocer a aquellos migrantes nigerianos. Son iguales a los migrantes guatemaltecos que viajan al Norte por las mismas razones y con sueños parecidos. Seguramente les dolerán las mismas frustraciones.

No sé si convocar a un militante, a un obrero politizado o a un artista sería dar voz a toda África. La imagino como un coro de voces dispares. En todo caso, comprendo a Rouch. Creo que se acercó a esos negros porque eran, justamente ellos, el producto más perverso de la Colonia: los desplazados, los alienados. Rouch era francés y le dolía una historia en la que estaba, necesariamente, implicado. En el fondo, era el propio documentalista quien quería entablar una conversación que, tácitamente, le estaba prohibida.

19

Al día siguiente, un hombre gordito, de mediana edad, se acerca tímidamente a la puerta que se mantiene abierta para paliar el calor. Belkis lo recibe con un gran abrazo y nos explica quién es nuestro visitante: un residente de Caimito, pequeño poblado aledaño a la Escuela. Su presencia anuncia el inicio de la actividad práctica del taller. Viajaremos a Caimito por la tarde. Cada uno debe encontrar un tema para la realización de un documental.

Sí, así nomás. Nos sacarán del refugio, tan cómodo, de las ideas para ir a un pueblo que no conocemos a buscar una historia en esa selva que es la vida real. Al día siguiente debemos presentarla a nuestros compañeros en una sesión de *pitch*. De las doce historias, tres serán escogidas.

El visitante empieza por contarnos que, durante la Colonia española, Caimito era un simple entronque del "camino real" donde se asentaba un hospedaje para viajeros que ganó renombre con los años. Por aquel entonces era parte de la provincia de La Habana. Los ricos hacendados vivían como aristócratas en la ciudad y tenían sus campos en esa región.

Por el "camino real" transitaba el azúcar de las plantaciones hacia los puertos que la llevarían a España. Los españoles hallaron la manera de convertir Cuba en una próspera colonia a partir de que los negros cimarrones, inspirados en la Revolución francesa, quemaron las plantaciones de caña en Haití.

No puedo sino recordar aquel pasaje descrito por Alejo Carpentier en *El Siglo de las Luces:* la guillotina que viaja en el seno oscuro de un barco con destino a Saint-Domingue. La ambición radical y flamante de los esclavos era hacer suyos los ideales de los iluministas, reclamar para sí los derechos del hombre, tan fervorosamente declarados en París pensando en los blancos. Ninguna revolución ha sido tan desafiante como la haitiana.

Los colonizadores españoles no dudaron en aprovechar las circunstancias. Ellos podían llenar aquel vacío en el mercado. El problema era que la población de indígenas taínos había sido prácticamente aniquilada por el abuso y las enfermedades que los españoles trajeron consigo. La economía de la plantación requería muchos brazos. Pronto hallaron la solución: llenar la isla de esclavos negros. El azúcar, tan importante y valiosa como el oro, convirtió a Cuba en uno de los baluartes de la Colonia española.

Para transportar azúcar hacia el puerto que la llevaría a Europa, se abrió aquella carretera que todavía hoy atraviesa Caimito. "Si no hay azúcar no hay país", repitieron por siglos los oligarcas cubanos.

En el pueblo abundan los barrios de bateyes. Son resabio de los ingenios azucareros, hoy abandonados en su mayoría. Debido a las circunstancias históricas, se puede encontrar en el pueblo una rica herencia africana, legado de las plantaciones. De la blanca azúcar nació la negritud de Cuba.

Aquella sentenciosa frase, pronunciada por nuestro visitante, trae a mi memoria las imágenes iridiscentes, fantasmagóricas, de la película *Soy Cuba*. Con film infrarrojo (destinado al ejército soviético), el talentoso camarógrafo filmó aquella secuencia poética donde las palmeras brillan como plateadas banderas contra un cielo oscuro y ominoso. La voz que narra es una elegía: "Mi azúcar, mis lágrimas. Extraña cosa es el azúcar, tanto llanto en ella y, sin embargo, es dulce".

Comento mi recuerdo y nuestro visitante lanza una carcajada. ¿Sabes cómo le decimos a esa película? La alucinación bolchevique. Nunca gustó en Cuba. Luego añade que los versos que yo recuerdo son del poeta Yevtushenko, tan querido por el pueblo ruso que llenaba estadios cuando se presentaba. Con los años, cayó en desgracia en la isla. Se le consideraba trotskista, revisionista, disidente.

Volvemos de la digresión y el invitado avanza en su tránsito histórico: Caimito ostenta la fama de haber producido fervorosos rebeldes. Para la guerra de independencia, los caimitenses se unieron sin reparo al general Maceo. Carecían de armamento, pero usaban como nadie los machetes. Ahora es el visitante quien recuerda la película *Baraguá,* una de las primeras producciones del Instituto Cubano del Arte e Industria Cinematográficos (ICAIC) que narra episodios de la lucha independentista.

Durante la Guerra Civil española, varias familias de Caimito apoyaron a los republicanos enviando no solamente recursos económicos, sino también a sus propios hijos a morir en el frente de batalla. La tardía independencia de España hizo que muchos cubanos sintieran un profundo vínculo con lo que acontecía al otro lado del mar. Las relaciones familiares eran fuertes y abundantes. El propio García Lorca realizó una icónica visita a Caimito por aquella época, con propósitos que nunca fueron esclarecidos.

La celebración del Congreso del Primer Partido Comunista en la clandestinidad (durante el siglo XIX) añade a esta fama. Por todas esas razones, Caimito siempre fue considerado bastión de la rebeldía.

Las referencias del lugareño ciertamente desatan nuestro interés. Seguro que podremos encontrar una historia en aquel lugar de nombre inocuo, expresión diminutiva, pero que encierra una escondida grandeza.

20

La tarde se presenta calurosa. El sol y el barullo de la calle principal son dos aliados que, combinados, nos aturden. Camiones y autos simulan un desfile alegórico de la industria automotriz norteamericana de los años cincuenta. Aquellas bestias jurásicas pasan sonando con entusiasmo sus estridentes bocinas y el ruido insolente apuñala los tímpanos de manera efectiva.

En las pocas calles del pueblo, decenas de bicitaxis se unen a los bulliciosos automóviles y, en la bruma, dan a Caimito la apariencia de un barrio de Shanghái.

La timidez se vuelve trepidante. De repente parece imposible remontar el escabroso problema de entablar una relación significativa con algún tema o habitante de este pueblo ruidoso, alborotado y sucio.

La placa conmemorativa de la visita de García Lorca yace empolvada en una pared pintada de un color que el tiempo ha lavado, tornándolo incierto. Ahora, más que una placa, parece un epitafio.

Al frente hay una pared enmarañada de grafiti y una zanja abierta a causa de trabajos municipales iniciados tiempo atrás. Obviamente, el intento reparador fue descartado. En medio de la desolación que simula ser un parque, deambulan jóvenes aburridos, como si alguna mano infausta los hubiera desconectado de la corriente eléctrica de la vida.

Nos sentamos en una banca polvorienta, preguntándonos por dónde empezar. Ariel se nos une, sin que medie formalidad alguna. Es un muchacho cubano de alrededor de diecisiete años, adornado con extensos tatuajes y un *piercing* ostentoso en la ceja izquierda.

¿Vienen de la Escuela? Parece que la noticia de nuestra llegada ha sido propagada por el sistema circulatorio que mantiene vivas las pequeñas comunidades. Que estemos aquí es un acontecimiento en un lugar sin eventualidades.

Iniciamos una amena cháchara y Ariel nos cuenta que pertenece a un grupo de danza donde participan personas de quince a ochenta años. Sí, esbeltos efebos danzan con voluptuosas matronas y octogenarios. Se trata de un proyecto comunitario con un nombre sugestivo: Alma Danza. A algunos compañeros se les iluminan los ojos: pueden tomar ese proyecto para su propuesta de documental. En cuanto Ariel les informa cómo contactar a su directora, se van.

Otros se deslumbran al ver una carreta con fruta. Aunque está verde o podrida, como hace días no probamos más que la comida de la Escuela —básicamente un kilo de carbohidratos por sentada—, se convierte en una tentación difícil de evitar.

Laura no puede con los nervios. La presión la ha puesto tensa y su necesidad de apoyo afectivo se dispara. Decide, como siempre, que le urge comprar una tarjeta telefónica para llamar a su exmarido. Desaparece por un buen rato. Me quedo sola con Beatriz en la banca, sudando y sin poder procesar nada.

Ariel sigue allí, conversando del orgullo que le causan sus múltiples tatuajes.

¿Qué pensás del Che? Se me ocurre hacer la pregunta cajonera.

Mmmm... La alusión le parece extraña, como salida del túnel del tiempo. Es evidente que aquel adorado personaje no le evoca nada especial. Tengo un póster del Che, dice al rato. Lo colgué en mi habitación porque el guitarrista de mi grupo de rock favorito usa una camiseta con su imagen.

21

Al final, Beatriz y yo nos quedamos solas en el parque. Vacilando, hemos perdido más de una hora del precioso tiempo que debía producir (aquella misma tarde) una idea brillante para un documental.

Al rato aparece Laura con detalladas noticias de las complicaciones que supone comprar en Cuba una tarjeta telefónica. Decidimos movernos.

Nunca hemos subido a un bicitaxi, esa especie de centauro mecánico en el que un hombre en bicicleta jala una carreta con pasajeros. Según Belkis, surgió en Cuba como un recurso frente a dos catástrofes nacionales: la caída del "campo soviético" (como llaman los cubanos al fin de la URSS) y el embargo norteamericano. Ante la falta de gasolina surgieron los bicitaxis, que se convirtieron en uno de tantos símbolos del "periodo especial".

Pensamos que hoy es una gran oportunidad para probarlo, pero somos tres y el asiento da para dos. Laura decide viajar en la parte trasera, destinada a pequeños paquetes. Cabe bien en ese espacio. A fin de cuentas, es pequeña y concisa. Durante el viaje no para de cuestionarse sobre la bondad moral de cargar con tres personas al conductor, que suda a chorros pedaleando su frágil bicicleta; pero no resuelve el asunto porque no quiere bajarse.

Pregunto al conductor, que se llama Daniel, acerca de los barrios de bateyes. Beatriz y yo convinimos que nuestros intereses giran por allí: la cultura africana de Cuba. Laura nos acompaña a regañadientes. El tema no le provoca ningún interés.

"A mí me llaman el negrito del batey..." Recuerdo de pronto aquella letra pegajosa que repetía mientras mis tías bailaban, ensayando pasos para sus fiestas de adolescentes. Mi absoluta ingenuidad me permitía considerar que ese "negrito del batey" era simpático, como sugería el tono de la canción. Sin embargo, recién nos han informado que durante la Colonia se llamaban bateyes a los asentamientos de esclavos negros en todo el Caribe, lo cual destroza la feliz memoria. Cuando se lo comento a Daniel, él explica que ahora la palabra se usa, sin ninguna connotación, para designar los barrios donde viven "los negros".

Imágenes de santa Bárbara abundan en los pequeños portales, seña de afiliación a la santería.

Pero ninguno de los pocos que acceden a hablarnos reconoce ser afrodescendiente ni acepta identificación alguna con esa cultura. La mayoría cierra las puertas o corre las cortinas para no tener que lidiar con nuestra visita.

Entonces Beatriz pregunta por los santeros. Daniel sonríe con amplitud. Acela vive cerca, puedo llevarlas. Laura reclama de nuevo. Ese tema tampoco le interesa. Sin embargo, acepta acompañarnos porque no sabe adónde más ir.

En el trayecto pega un grito. Pare… Pare, Daniel. Yo me bajo aquí. ¡Miren esa funeraria! Yo quiero bajarme.

Se trata de una construcción de dos niveles: abajo, la funeraria, y en el piso de arriba, una pequeña terraza donde dos puertas verdes insinúan una casa habitación. Allí vive un chino, explica Daniel señalando el segundo piso. ¡Un chino!, exclama Laura, extasiada, y voltea a vernos con glorioso entusiasmo. ¿Se dan cuenta? ¡Un chino que vive arriba de una funeraria!… ¿No es genial este chico? Quiero hacer un documental sobre eso, un chino que vive arriba de una funeraria.

La extravagancia de la idea le infunde enorme felicidad. La suerte de haber hallado un tema cercano al realismo mágico, tan implacable como popular para convertir a Latinoamérica en un cliché, la entusiasma. Atraviesa la calle con prisa y nos olvida.

22

Acela vive en una pequeña casa, arrinconada por la multitud de sus otros habitantes: una veintena de santos y toda la parafernalia de elementos asociados a su culto. El vestuario especial para las celebraciones, los collares, las ofrendas, los inciensos y las candelas se acomodan sobre los escasos muebles, dejando poco espacio habitable.

Estos santos no son imágenes humanizadas, como en el culto cristiano. Más bien se trata de soperas tapadas. Acela va destapando una por una, revelándonos el nombre de cada santo y su energía fundamental. Adentro hay piedras y otros objetos.

Después del recorrido nos sentamos en una breve mesa para conversar. De niña estuve gravemente enferma. Nadie sabía qué era lo que yo tenía. Mi madre no pudo contárselo a mi abuela, que era santera, porque mi padre la odiaba. La había retirado de la casa. Pero mi abuela supo de mi enfermedad sin que nadie se lo dijera.

Llegó hasta La Habana a buscarnos. Le dijo a mi madre: Soñé que a esta niña la quería montar un santo. Si no lo permites, se va a morir. Mi madre no lo pensó dos veces. Me sacó a escondidas de la casa y me fui con mi abuela. Bajo su cuidado, el santo me montó y entonces sané. Me quedé a vivir con ella porque quería iniciarme en el trabajo de la santería.

Ariel (a quien dejamos en el parque) aparece como por encanto. Ha escuchado parte de la historia. Yo también pasé por lo mismo, interrumpe. De niño me iba a morir. Acela intercedió para que me montara el santo y también me curé. Acela lo mira con ternura. Es mi ahijado, explica.

Al momento siguiente, entra una jovencita mulata. Su suave rostro está retratado en las fotografías familiares que decoran el comedor. Ah… Mi nieta Yasmín. Diles, amor, cuál es el nombre de tu santo. La chica se ruboriza y baja la mirada. Es obvio que la situación le resulta embarazosa.

Ella tiene el don, nos confía Acela con un susurro. Es así, nos explica mientras enciende un grueso habano. Las abuelas lo pasamos a las nietas. Yasmín, diles cuál es el nombre de tu santo. La jovencita habla con voz tan queda que sus palabras son incomprensibles. Acela repite en recio lo que ha dicho la niña con su voz tan débil: Yemanyá…

Yasmín sale de la habitación en un gesto de incomodidad y vergüenza por la indiscreción de su abuela. Acela la mira alejarse con preocupación.

Le han calentado la cabeza con una beca en el extranjero... Una tal beca Humboldt. Cada día me parece más una extraña. Lo que ni ella ni su madre quieren entender es que, cuando un santo lo persigue a uno, poco puede hacerse. Renunciar al don le traerá calamidades.

Acela continúa con su historia. El triunfo de la Revolución fue un padecimiento. Teníamos que hacer el trabajo porque uno no se puede negar. Pero lo hacíamos de manera oculta. Todos creíamos en Changó, pero lo negábamos con pasión. Hasta los altos dirigentes tenían miedo de mostrar la verdad de sus creencias. A mí me denunciaron y estuve presa. Tuve que jurarles que me había reeducado y que ya no creía en la santería. ¡Por supuesto que mentí!

Después de aquel suceso, decidí afiliarme al partido. Lo hice para acallar las habladurías de los comités del barrio y sus envidias. Están colmados de gente mala, envidiosos, zalameros..., tanta gentuza.

Pero todo eso ya pasó. Ahora el gobierno permite la práctica. Y ya lo ven: lo que antes se hacía a escondidas, ahora se hace a las claras. ¡Sólo los necios creyeron que se podría prohibir!

Me interesa saber las razones por las que Yasmín rechaza el don de su abuela. Un santero tiene una función importante en una comunidad pequeña. Pero la joven prefiere concursar por una beca que la llevará al extranjero. Quizá su motivación sea precisamente ésa: romper con la tradición. Desarmar las expectativas que pesan sobre su vida.

Siempre me ha gustado explorar esas historias de mujeres con vínculos ancestrales que son una valiosa herencia o una carga. El legado femenino como fuente de fortaleza o como hechizo que ata. Las ideas para el *pitch* del día siguiente me empiezan a fluir. No tengo nada más que hacer en Caimito. Quiero irme.

23

El bicitaxi de Daniel nos deja en la calle principal, cerca del parque. Allí encontramos a Laura. Su cara descompuesta resulta elocuente. Fue horrible, repite. Les dije algo equivocado... Usted sabe, no puedo hablar bien el español, los de la funeraria se ofendieron. Pensaron que hablaba mal de la Revolución o algo así. Empezaron a explicarme, explicarme, explicarme... No paraban de hablar y yo no podía decir una palabra... Vuelve su rostro hacia el edificio de dos plantas, cuyas puertas permanecen cerradas. Subí a buscar al chino. Toqué la puerta muchas veces, pero nadie abrió.

La historia de aquel chino que Laura imaginó vinculado al atractivo negocio de la muerte nunca existió. Esa realidad le provoca tremenda frustración. A mí me pasan por la cabeza las palabras de Belkis. Un documental es la representación de la vida tal como es. Pero qué difícil es verla.

Beatriz toma la decisión de unirse a los chicos que acudieron al proyecto de Alma Danza. Al menos ellos están bajo techo. Me deja sola con Laura. Caminamos sin rumbo fijo. Resta una hora antes de que nos recoja el bus y yo quedo a merced de sus quejas.

24

Un giro del azar pone en nuestro camino un viejo cine. Las puertas están abiertas en aquel edificio cuya característica arquitectura de los años cincuenta es un guiño al pasado. Nos atrae como un imán.

Allí, en un pequeño escritorio que sirve de recepción, una mujer descomunal se entretiene, ensimismada, garabateando un cuaderno. Es tremendamente grande, tiene el pelo cortado al ras del cráneo, y una blusa de colores estridentes hace brillar su piel, intensamente negra.

Al vernos estira un poderoso brazo de púgil. Al final de ese brazo se extiende una mano increíble, con largos dedos y cinco fantásticas uñas: larguísimas, pintadas de amarillo fuerte, decoradas con diseños geométricos de un dorado brillante.

Hoy el cine está cerrado al público, dice con una voz masculina que nos hace dudar: ¿será hombre?

Venimos de la Escuela de cine. Repetimos la frase que nos ha abierto todas las puertas. ¿Podríamos ver la sala?

Nos mira con desconfianza, levantando de la silla su gran estatura de basquetbolista. Justo ahora hay una reunión, dice, metiendo en medio un pretexto. Si quieren verla, deben hablar con mi jefe. Regresen en una hora, cuando se desocupe.

Será muy tarde entonces, reiteramos la petición. En un rato nos recoge el bus de la Escuela. ¿Y si nos deja echar un vistazo?

La mujer está más seria que un bloque de cemento. Laura le hace uno de sus gestos melosos más efectivos y entonces esboza una sonrisa forzada. Bueno, si se asoman en silencio, pueden verla… Pero no más de un minuto, ¿eh?

La sala tiene una belleza desconcertante. Es amplia, y alrededor de quinientas butacas rojas se alinean como un disciplinado ejército que espera la orden para movilizarse. En el techo, largos tramos destruidos se abren a la oscuridad de un tapanco. Dentro de sus profundidades aéreas se adivina el sordo aletear de los murciélagos. Al fondo, cruzada de largos lamparones (causados quizá por las goteras), la pantalla brilla con un blanco estertor. La suciedad y la destrucción, aunadas a cierta imborrable nobleza, hacen de aquella sala un lugar dolorosamente nostálgico.

Algo difícil de nombrar se impone sobre las obvias circunstancias del abandono. Se me ocurre llamarlo dignidad.

Intuyo que este lugar no estará callado para siempre. La quietud no puede ser definitiva y de muerte. Tiene que ser una pausa. La pausa que deja un movimiento detenido, una mueca que se congela provocando expectación.

¿Cuándo se pondrá en marcha otra vez el paso desconfiado o firme, la bofetada, el cuchillo de una mirada, el beso infantil o perverso, la sonrisa engañosa…, en fin: toda la infinita posibilidad de gestos por los que se desagua el alma y que ahora cuelgan artificialmente del vacío? ¿Cuándo volverá a habitar esta sala el fluir interminable de esa historia, infinitamente repetida pero que nunca cansa? Como en el río de Heráclito, las renovadas aguas de la emoción tienen siempre un sabor recién nacido.

Debajo de la pantalla hay un escenario. En torno a una mesa, un grupo de personas se enfrasca en alborotada discusión. Su algarabía no interrumpe la sensación de vacío ni el silencio. La sala se deja hacer por los intrusos, como en un sueño de ignominia donde una mujer ausente se deja manosear por un puñado de ciegos. Es dócil pero impenetrable.

Volteo a ver a Laura. Tiene los ojos brillantes, está a punto de llorar. También la ha conmovido aquel espacio inerte. Levanta lentamente las manos y toma una foto. El clic de la cámara, la luz del flash son insultos para nuestra acompañante, que reacciona con aparatosa exageración. Nos saca de la sala con gestos amenazantes.

Volvemos como niñas castigadas al insípido vestíbulo, donde cuelgan en orfandad dos o tres pinturas horrendas. La mujer nos lanza una bocanada de reprimendas. Para fotografiar algo en ese lugar, necesitamos mostrarle un permiso. Lo que acabamos de hacer es una falta, un abuso, mala educación; ¿cómo osamos traicionar su confianza?

Más que una empleada del cine, parece la reina de corazones frente a estas dos desorientadas Alicias que esperan ser decapitadas.

Laura empieza a desplegar su batería de actos de seducción en ese portuñol suyo, tan cadencioso y afectivo. Pide mil perdones, alaba las preciosas uñas de la mujer, su peinado, su silueta. La cíclope cae rendida. Ya con la situación en calma, iniciamos una conversación. Dice que se llama Dorotea, pero que todos le dicen Daisy, y que es la encargada del cine.

La coraza maneja las relaciones sociales de esa mujer portentosa. Sin embargo, por la ventana que abre su sonrisa esquiva, escapa otra mujer. Fugitiva de una región ignota, sale desde muy dentro de aquella masiva geografía... a tomar aire.

Cuando hablamos del cine, Daisy parece recitar un parlamento aprendido. Supongo que el tono de su discurso tiene que ver con la tácita obligación de atender a dos mujeres extranjeras que llegan con la peligrosa credencial de pertenecer a aquella Escuela Internacional de Cine. De allí ese sabor "oficial".

¿Tiene subtexto esta situación? En la sonrisa esquiva de Daisy creo percibir la huella de una verdad oculta detrás de una pared de palabras. Revueltos con la impostura están los hilos de la verdad. Tiene más de dieciséis años trabajando en el cine. Sus ojos se iluminan cuando nos relata su etapa como proyeccionista. Sí, en aquellos años, cuando el cine era el centro de la vida social del pueblo, ella proyectó grandiosas películas sobre la pantalla "grande". Vio danzar en la oscuridad aquellas imágenes inolvidables desde el pequeño cuadrado del segundo piso, donde sólo la acompañaba el gigantesco proyector ruso, regalo de la Revolución. El proyector llegó del lejano "campo soviético" para sustituir el equipo norteamericano que compraron los dueños originales.

Laura le pregunta qué película recuerda con particular amor. Ella responde sin dudarlo: *Jamón, jamón*... La picardía atraviesa su mirada y endulza su rostro. Javier Bardem..., ¡qué hombre!, dice exagerando el gesto de sus manos infinitas.

Laura suelta una carcajada. Ah, Daisy, bien se ve que tiene buen gusto... ¡Le gusta el jamón!

Aquella memoria la transforma. Ahora le sale de dentro una mujer coqueta que la hace parecer diva. Sí, una diva que luce incómoda acurrucada debajo de la postura tímida de una señora con cuerpo masculino. Susurra para nosotros su secreto más preciado. Años atrás, Rosita Fornés la visitó en ese mismo cine. Tiene en su casa, firmada de su puño y letra, una fotografía gigante. También le dejó escrito en un papel su número telefónico.

Cada vez que la estimada estrella (que nunca ha querido marcharse de la isla) cumple años, enfrenta el mismo dilema. Desea llamarla y saludarla. Hasta hoy no se ha atrevido, pero no pierde la esperanza. Algún día… Sí, algún día, sin pensarlo, tomará el teléfono, la llamará y la estrella recordará su visita al cine de Caimito.

Laura pregunta por el rimero de carpetas que hay apiladas sobre el escritorio. Su rostro retoma su apariencia sólida, reafirmando la curiosa sensación de que está hecha de piezas contradictorias. Responde que son necesarias para mantener funcionando el cine.

¿Mantener funcionando el cine? La impresión que el edificio nos causó, ese conmovedor halo de nostalgia, la provocó la certeza de que todo estaba detenido. El polvo en los asientos, el estado ruinoso de la pantalla, el techo destrozado en varios tramos, la ausencia de energía vital. Entonces, ¿funciona? Daisy se incomoda mucho cuando externamos nuestro asombro: ¡Ay, chica! Si no, ¿qué hago yo aquí? El cine es un servicio, es un centro cultural, es un lugar de encuentro para la gente en Caimito.

¿Cuándo será la próxima función? La pregunta nos sale espontánea y con entusiasmo.

Empieza a revolver sus papeles, como buscando algo que no encuentra. Es que el cine tiene problemas… Fue el huracán, cuando asoló la isla…

¿Un huracán?, pregunta Laura, con la apariencia de quien está empapada de las noticias climatológicas. ¿Cuándo fue?

Más erguida que nunca, dice con fingida ligereza: Fue el huracán Charlie. Guardamos silencio mientras procesamos la información; eso nos permite percatarnos de la hora. ¡Se nos ha hecho tarde para tomar el bus a la Escuela!

Camino a la calle, Laura grita: ¿Podemos venir a una función?

Daisy se asoma a la puerta y, con un gesto de despedida en la mano, grita de vuelta: ¡Claro, chica, claro!

Salimos corriendo; queremos evitar quedarnos sin transporte. En mi cabeza desaparece el enigma de Daisy y aquel cine impregnado de melancolía donde ha establecido su reino. Un reino que cayó en el sueño hace más de cien años.

25

El regreso a la Escuela sucede en silencio. Drenados por el calor, el cansancio nos deja abatidos. Pero hay en la atmósfera algo más que cansancio: una intensa inseguridad. La idea de realizar un documental empieza a tomar forma. A volverse real. Y no hay nada tan inquietante como una ilusión que encarna.

Es el momento en que se vislumbra con claridad el abismo que existe entre el deseo y su realización. Un desgarramiento entre lo ideal y las limitaciones de la circunstancia. Pocos pueden cargar ese peso con soltura.

Cuando bajamos del bus, yo solamente quiero una cosa: ir a la piscina antes de la cena. Encontrarme con el fondo azulino y no pensar. Siempre me pasa lo mismo. Antes de iniciar un proceso creativo, tengo ganas de huir, como si me acechara un implacable perseguidor exigiendo de mí algo tan difícil de entregar como el hígado o el páncreas.

Entonces, ¿no es gozosa la creación? Sí, pero de una manera torcida.

26

Cuando llega la noche, Laura y yo descansamos fingiendo leer. Ninguna de las dos presta atención a la lectura. Ella no se contiene. Se sienta en mi cama y me mira con intensidad: No tengo nada *pra* presentar mañana. ¿Qué voy a hacer?

Tengo sueño y no quiero cargar con su problema. Así que dejo el libro de lado, me estiro y le digo cualquier cosa, dándole a entender que no deseo conversar. Ella vuelve a su cama y apaga la luz. Pero qué lejos está de dormir.

Un par de minutos después, vuelve a la carga. ¿Y usted qué haría si no tuviera nada que decir mañana, allí, callada frente a todos? ¿Se quedaría muda mientras Belkis la mira con sus ojos tan negros?

Ante su persistencia, me siento obligada a decir algo que ella pueda mascar a solas. ¿Por qué no intentas armar alguna idea alrededor del cine y de Daisy? Ella es interesante. Y el cine… Imagínate, ¡se lo llevó un huracán llamado Charlie!

Le hablo con la condescendencia que tendría con una niña molesta a la que quisiera sacarme de encima. Pero logro el efecto contrario. Laura se entusiasma. Enciende la luz y empieza a describir imágenes y encuadres que ya recrea, haciendo gestos de fotógrafa.

Entendiendo que es inútil resistir, me incorporo en la cama y opto por darle cuerda: ¿Recuerdas la historia de Dorothy, aquella niña a la que arrastra un tornado en Kansas?

¿El mago de Oz?, pregunta con ojos iluminados por el interés.

Pues sí... ¿No te das cuenta de que es la misma historia? Sólo que en este caso se trata de un ciclón tropical. No se llevó a Daisy, que realmente es Dorotea, pero capturó su casa. Porque, no sé si te fijaste, para ella el cine es su hogar.

¡Sí, sí, sí!, repite con frenesí.

Además, creo que Daisy es travesti, añado con saña.

Laura se tapa la boca y abre los ojos, exagerando el gesto de asombro. Ambas empezamos a reír con una complicidad tejida alrededor de aquella historia funambulesca.

Empieza a narrar las secuencias del documental que ya pasan por su cabeza: Daisy descubre ante las cámaras que realmente es travesti (su fotografía de niño jugando futbol es la prueba); muestra un póster de Rosita Fornés (*close up* sobre la firma de la diva); entorna los ojos por la acalorada pasión que le provoca Javier Bardem (se incluiría una secuencia de *Jamón, jamón*). Y la escena final que no podría faltar: Daisy, en pantuflas, saca una torre de chucherías del refrigerador y luego mira películas en la tele con los pies apoyados sobre la mesa de centro de la sala (gesto de protesta y duelo por el cine secuestrado por el ciclón).

Mientras para mí toda aquella historia es un pretexto para reír en una noche de insomnio, a ojos de Laura aquella mujer va tornándose en la heroína de una romántica producción tragicómica. La idealiza y le fascina tanto que se alejará irremediablemente del ser humano que es Daisy. Aquella noche, Laura la convierte en personaje, y esa existencia ficticia será por siempre irrebatible en su cabeza.

Agotada por el esfuerzo de gestar tal fanfarria creativa, Laura cae dormida. En cambio, para mí el sueño se vuelve fugitivo. En la penumbra, salgo a buscar un vaso de agua. Debajo del chorro, quieta y amenazante, una rana infla y desinfla el saco verde de su cuerpo. ¿Qué espera? Sin duda, algo que le provoca un miedo atroz. Me siento frágil de repente, como una muñeca que caerá desde lo alto de una monumental pared y se estrellará en el piso.

27

La sesión de *pitch* empieza temprano. Christian, el fotógrafo chileno, se ofrece a ser el primero. En Caimito hay un héroe local, Wychín, un famosísimo jugador de beisbol que ahora entrena niños. En su juventud fue una luminaria: el hombre más rápido de Cuba en los campos beisboleros. Los fanáticos guardan todavía, con reverencia y devoción, recortes de periódico donde se publicaron los récords de sus juegos más lucidos.

Como parte de los programas de asistencia a otros países, el gobierno cubano lo envió a Ghana para entrenar a la selección nacional. De su mano, el equipo logró ganar varios torneos panafricanos. Cuando tuvo la oportunidad de firmar un contrato permanente con un grandioso salario en la nación africana, las autoridades de su país no le permitieron quedarse. Su esposa permanecía en Cuba, por decisión del gobierno, para evitar que él quisiera marcharse. Tuvo un hijo que nació mientras él estaba fuera.

El drama de aquella historia termina con Wychín retornando a Cuba a la fuerza, necesitado de empleo, haciendo toda clase de faenas, vendiendo galletas, cosméticos y (como él dice) hasta piedras para sostener a su familia. Finalmente, se resignó al confinamiento en Caimito. Aquella capitulación fue premiada con un humilde empleo como entrenador de niños en las escuelas. Ahora está viejo, pero su cuerpo portentoso todavía habla de su fantástico pasado.

Rous encontró en Caimito un curioso personaje cuyo *alter ego* es el Zorro. Casi nadie lo conoce por su nombre: Pedro Martínez Vega. Lo llaman "Curoque" y es un lustrador de zapatos que parece haber reinventado la historia de Alonso Quijano, pues decidió trastocar su vida intrascendente y convertirse en "el Zorro de La Loma".

Curoque cuenta que se enamoró de aquel personaje luminoso viendo la tele, cuando era niño. Para encarnarlo, se viste con sombrero negro, botas y antifaz. Sale a las calles de Caimito dispuesto a realizar toda clase de proezas que, en un pueblo tan chico, terminan siendo nimios actos de bondad: anima a los niños en la escuela y les da consejos; auxilia a algunas señoras con la limpieza de su casa (imagino que muchas se aprovecharán de su gentileza); se le encomiendan mandados. Él se acomide a realizar cualquier labor altruista que se le proponga, sin esperar pago o recompensa. También ha creado una rutina con un látigo que sirve con frecuencia para animar las fiestas locales. Vive en la más radical pobreza, pero presenta siempre al público su rostro más feliz.

Curoque fue un joven enamorado. Vemos las fotografías del día de su boda, en las que brindó por un futuro lleno de dicha. Aquella relación terminó cuando tuvo que marcharse a la zafra. Estuvo estacionado en los campos por tres años. Cuando volvió, su mujer lo había abandonado. Se marchó de Caimito y nunca pudo encontrarla. Cuando explica aquella circunstancia, su rostro se saca de encima la felicidad impuesta y se ilumina con una arrasadora tristeza que no solamente le llena los ojos de lágrimas, sino que lo hace verse, por fin, como una persona real.

Cuando le toca el turno a Jaime, habla de Acela. Su documental será el retrato de una santera cubana. Me sorprende escucharlo. La noche anterior conversamos acerca de mi proyecto sobre los linajes transmitidos entre generaciones de mujeres santeras. Le conté del conflicto entre Acela y su nieta y él me explicó que abordaría el drama de los jóvenes en un pueblo muerto y sin opciones. Ahora está allí, describiendo mi propuesta. Lo miro con furia y él se sonroja, reconociendo su traición.

Pido ser la siguiente y expongo mi proyecto: un conflicto que surge en una familia santera. Se trata de la confrontación familiar que supone la decisión de Yasmín de romper con una tradición de varias generaciones para estudiar en el extranjero.

Como si no le hubiera bastado con utilizar la información que le di la noche anterior, Jaime me interrumpe para decir que mi propuesta es equívoca, ya que según él no existe tal cosa como un "linaje" en las familias santeras.

Belkis interviene en la disputa. Dice con simpleza que no es posible investigar, comprender y representar un tema tan complejo como la santería en un documental que se realizará con tan poca disponibilidad de tiempo. Su argumento es necesariamente lapidario. Ella ejerce la autoridad de la cátedra. Así, termina con las posibilidades de mi propuesta (y con el oportunismo de Jaime).

Giselle presenta el proyecto de Alma Danza y Antonia habla de una iniciativa local de reciclaje que incluye realizar fastuosos vestidos para quinceañeras y novias utilizando coloridas bolsas plásticas.

Beatriz propone una especie de *road movie:* se trata de un viaje en bicitaxi por las contadas calles de Caimito en el que hablará de las huellas históricas que guarda el pueblo.

Solamente queda Laura. A pesar de sus esfuerzos constantes por llamar la atención, odia estar bajo la lupa en situaciones, por decirlo así, oficiales. Está nerviosa y le cuesta mucho empezar. Dice algo que me parece insólito: que el proyecto que presentará es "nuestro" (de ella y mío).

A continuación relata, palabra por palabra, todas las sandeces que conversamos la noche anterior acerca del cine. "Daisy y el ciclón" es la historia que propone. La clase se desternilla de la risa. Laura es ahora una comediante en escena y le fascina encarnar el papel.

Ahora procedemos a votar por los proyectos que serán filmados. Cuando se cuentan los votos, el "nuestro" queda electo casi por unanimidad (yo no voté por él). Por supuesto, queda más que sobreentendido que soy parte del proyecto de Laura. Se nos une Beatriz.

De esta práctica manera comprendo que una sesión de *pitch* se parece a la vida. No vende la seriedad de un buen argumento y quizá ni siquiera una buena investigación; lo que vende es la seducción.

28

Aquel fin de semana, Beatriz, Laura y yo, viajamos a La Habana. El bus de la Escuela nos deja, como es costumbre, frente a la famosa heladería Coppelia. Queremos cumplir el turístico ritual de probar un helado en aquel lugar.

Laura anda de mal humor. Cuando constata la compleja estructura del recinto, exclama con agobio: *¡Deus Santo!* ¡Es la Disneylandia de las heladerías! Ciertamente, el local impresiona. Parece una catedral con sus naves abovedadas.

Los diversos mostradores tienen relación con la distribución que existe en Cuba de los recursos y la segmentación entre turistas (que pagan con CUC, moneda equivalente al dólar) y consumidores locales (que pagan con moneda nacional). Nuestra innegable apariencia hace que un atento empleado nos conduzca al segundo piso, donde nos acomoda en una sala con aire acondicionado y linda decoración. Es el lugar para nosotras, las turistas con "pesos cubanos convertibles", CUC.

Pero no queremos la segmentación. Beatriz tiene moneda nacional, de modo que bajamos para acercarnos a la gente cubana. Hacemos tres diferentes filas para ordenar helados de fresa y chocolate, por hacer honor a la famosa película cubana de los años noventa. Mientras, las largas filas de devotos (es necesario tener devoción) esperan su turno para degustar la especialidad del día: helado de fruta bomba.

A continuación caminamos por las calles del barrio de Vedado y sus hermosas alamedas. Admiramos las casas que un día sirvieron de residencia a la poderosa clase acaudalada. Visitamos el monumento a Allende que engalana el paseo y de lejos vemos el cine Yara.

Llegamos a una parada de bus que nos conduce a nuestro destino: La Habana Vieja. Bajamos al final del malecón. Sin rumbo cierto, la inercia nos lleva al parque. Frente al museo de arte moderno, unas esculturas de bronce llaman la atención de Beatriz, quien pide que le tome una foto. La pausa permite que se nos acerquen dos jóvenes mulatos. Muy rápidamente dibujan garabatos que pretenden ser caricaturas de cada una de nosotras. Nos las ofrecen como si se tratara de una galantería "para dos bellas mujeres". Sin embargo, ni bien las tocamos, nos exigen diez dólares a cada una.

Yo suelto la que me había entregado uno de los hombres y, mientras el papel vuela hacia el suelo, le aclaro que no solicité ningún servicio. El otro hostiga a Beatriz de tal manera que ella prefiere pagar. Cuando se alejan, ella tiene los ojos llenos de lágrimas, ofendida por la vejación. Y es que robar abiertamente a un turista es delito grave en Cuba. De allí que el ingenio florezca.

Beatriz se recompone pronto del agravio haciendo bromas acerca de su horrenda caricatura. Llegamos al parque donde están los vendedores de libros viejos, postales, fotografías icónicas de Fidel, el Che, Camilo y suficientes escenas de la Revolución para saciar el morbo de los innumerables visitantes.

Nos acercamos a ver las imágenes. Aquellos muchachos barbados quedaron congelados en las fotografías triunfantes con la mirada brillante y osadía en la sonrisa. Eran los orgullosos padres de una Revolución recién nacida. Permanecen por siempre así, vagando en nuestras cabezas, eternamente jóvenes, como el rostro imperecedero de la rebeldía. ¿Quién no se enamoró de Fidel? ¿Quién no veía en el Che a un ser iluminado? La Revolución cubana generó en aquellos primeros días una pasión erótica. Los intelectuales se rindieron ante aquellos guerreros y reconocieron en ellos a los portadores del fuego del futuro.

Esos jóvenes, extraordinariamente guapos, valientes y triunfantes, ahora son solamente imágenes.

La icónica foto que Korda tomó al Che se replica en camisetas, bolsos, ceniceros, tan comercial como una lata de sopa Campbells.

Más allá de la profanación, su mirada, desencarnada y distante, sigue siendo el símbolo de la emancipación de los pueblos, también desencarnada y distante.

Imágenes… Más allá de lo que evocan, está la Cuba viviente que se desplaya por las calles y se asienta en los parques en mil otras imágenes. En ellas, la Revolución aparece desvelada y con la pérdida de brillo que tiene todo aquello que se ha vuelto viejo.

Nos acercamos a los puestos que venden afiches de las películas memorables de todo ese universo de cine que no es Hollywood. *El acorazado Potemkin, Memorias del subdesarrollo, Soy Cuba,* cada uno deseable no sólo por lo que las películas significan para el imaginario, sino también por su belleza gráfica.

Me llama la atención uno que conmemora "el cine móvil". Pregunto al vendedor. De una ilustrada manera me explica que la historia del cine en Cuba es muy importante. Cuando triunfó la Revolución, parte del proyecto cultural fue llevarlo a regiones remotas donde no había caminos siquiera. Así, se implementaron "cines móviles" montados sobre vehículos capaces de entrar hasta los confines más apartados, por caminos imposibles.

¡Semejante esfuerzo! Los dirigentes revolucionarios apostaron a la cultura. La conversación me hace pensar en el proyecto en el que resulté involucrada: un viejo cine en un minúsculo pueblo cubano.

Ya para mediodía, desfallecemos en los corredores de una antigua plaza. Una banda de músicos entretiene a un grupo de turistas ya muy borrachos. Parece una escena de la Cuba de Batista. Muchos dicen que con el regreso de los dólares empiezan a resusitar tiempos que parecían erradicados.

Una pareja de ancianos, manos enlazadas, está sentada en las gradas, muy cerca de nosotros. Oyen embelesados las viejas canciones que son parte del repertorio musical cubano. Sin embargo, no pueden ocupar las mesas. En esos lugares, los cubanos no tienen cabida por la material circunstancia que supone pagar con los CUC, a los que sólo tienen acceso los turistas.

Así, en diversos escenarios y de múltiples maneras, los extranjeros venimos a disfrutar de una Cuba fuera del alcance de los cubanos. A vivir en medio de una burbuja exotizante, vitrina que pone a la venta todo aquello que nos gusta creer acerca de la isla: la romántica Revolución, el ron, los habanos, la música, la Cuba caliente y sensual.

El humor de Laura empeora a medida que aumenta el calor. Su escasa energía le alcanza para poco. Cuando el azúcar en su sangre decae, toda ella se marchita. Está con prisa por irse de vuelta a la Escuela, pero antes quiere comprar habanos. Decidimos movernos y la acompañamos hasta un sofisticado negocio con aire acondicionado. Laura se sienta en uno de los elegantes sillones de cuero y no quiere saber más. Beatriz me mira con desconsuelo. Ninguna de las dos quiere pasar el resto del día libre en el sillón de una fastuosa tienda. Pero Beatriz no está dispuesta a dejar a Laura. Se apunta a quedarse con ella para cuidarla. Yo opto por aprovechar el día por mi cuenta.

29

Camino por las calles de La Habana Vieja sin compañía ni distracción. Me envuelve con su embrujo. No se trata de una belleza maquillada y presentable. Se trata de una ciudad aristocrática, con aires de sofisticación, que se abrió para que la vida le pasara encima de todas las maneras imaginables. Y al ser atravesada por todo aquello —borrachos, pobreza, calzones colgados en los lazos que entrecruzan los patios, capas de pintura que se descascara, alcantarillas rotas, gente que se grita de un lado al otro de la calle, niños que juegan a la pelota en las mínimas plazas, venta callejera de frutas que se pudren bajo el sol—, la pretenciosa ciudad, herencia de los criollos (quizá una de las más bellas de la América colonizada), tiene la imponente cualidad de mantenerse viva. La Habana Vieja es una amarga dulzura.

Su encanto está en la dualidad. La superposición de lo vulgar y de lo roto a lo elegante y lo refinado… El tránsito que a muchos les sabe a *descomposición*, a mí me sabe a despertar. Multicolor y multiforme, la ciudad opone su vitalidad al histórico letargo.

La paradoja es que toda esa vida vibrante no aplaca la nostalgia que subyace como un río subterráneo. De esas profundidades emana su hálito vital. La Habana es el lugar más nostálgico del planeta.

Siempre fue un sitio donde se acumularon riquezas, como la boca del Hades o de Xibalbá. El puerto fue inicialmente acomodado para reunir los tesoros coloniales. Los transportaría la Flota de Indias hacia España. Aquellos barcos viajaban juntos en caravana, acompañándose como un solo cuerpo artillado para eludir el peligro de los piratas que surcaban como dueños los mares del Caribe.

Siglos después, sirvió para ocultar el dinero que obtenían los gánsters con sus transas, usando como máscara los casinos, los cabarets, las prostitutas. Lucky Luciano fue el mago que convirtió la ciudad en una guarida.

No encuentro mayor diferencia entre ambos tránsitos de dinero oscuro. Al menos los gánsters no echaban mano de un aparente lustre real, de explicaciones institucionales o de la altanería de la Europa colonialista. Por obra de la geografía, La Habana ha sido destino natural para los mercaderes. Quizá de esa natural predisposición nació su sabor agridulce: virginal y corrompido.

En estas horas de la tarde, la ciudad se entrega a un lento agotamiento. La línea de edificaciones frente al mar perece bajo el peso del sol y el embate del salitre. Sorprende que aquel viejo horizonte, oxidado y carcomido, no termine de caer. Si algún día se deja vencer, no habrá quien lo salve.

Después de caminar largo rato, entro en el primer restaurante con terraza a la calle y pido una cerveza. Estoy cerca de los grandes hoteles de La Habana. Al nomás sentarme, caigo en la cuenta de que el lugar sirve para armar encuentros entre las muy jovencitas cubanas y los ya maduros extranjeros, claro ejemplo del turismo sexual que atrae la isla. Apenas salidas de la adolescencia, muchachas de cuerpos perfectos toman cocteles con hombres en proceso de volverse calvos.

Quedo sentada muy cerca de una pareja. Ella no solamente es joven sino que tiene maneras de niña. Ha dejado sus cosas olvidadas en la piscina del hotel donde él se hospeda. El tipo no es mal parecido y está bastante mejor conservado que quienes ocupan otras mesas en situaciones similares. Regaña a la mujer-niña, como lo hará con sus propias hijas. Le ordena volver al hotel y recoger lo que ha olvidado. La mujer-niña sale del restaurante.

Él se siente curiosamente obligado a justificar la situación conmigo, su vecina de mesa. Es muy inteligente, me explica. Gran artista. Baila en una compañía de ballet en La Habana. Pero quiere ser coreógrafa. No tiene gran futuro si se queda en la isla.

Su conflicto me resulta repulsivo. No tengo ningún respeto por los hombres "maduros" que procuran alivio existencial con una mujer-niña. También me causa tristeza que la situación sea solamente un intercambio material. Mientras él busca vigor y brío en la chica, ella persigue viajes y brillo. Y en ese tráfico ilusorio ambos son víctimas de su propio interés. ¿Cómo podrán verse?

En la medida en que él sigue intentando convencerme (o quizá convencerse) de que su relación se sale completamente del estereotipo, de que su enamoramiento no es un trueque, cae precisamente en eso: en el estereotipo.

Les mostré fotos a mis amigos, cuenta en tono demasiado alto para ser una confidencia. Cuando la vieron, me dijeron que una muchacha así da fuerza a un hombre. Al decirlo, exhala el orgullo que sienten los machos cuando presentan a sus presas.

La mujer-niña vuelve cargando un maletín, un salvavidas infantil con un patito al frente y un curioso sombrero de playa. Entra riéndose, con su cuerpo flaco y sinuoso. Clava el salvavidas en el cuello del hombre y le pone el sombrero en la cabeza. Mientras ella parlotea, jugando con él como con un muñeco de peluche, sobre aquel hombre cae una fina lluvia de decrepitud. Nunca se vio tan viejo.

Cerca de las cinco, un pequeño chubasco, acompañado de fuertes vientos que voltean al revés los paraguas, se deja venir. Camino bajo la lluvia con deleite, pues siempre me ha gustado la tibieza de las tormentas tropicales. Estoy completamente empapada cuando tomo la guagua en el malecón. Cuesta apenas cincuenta centavos de peso cubano. Tremendo ahorro: si hubiera utilizado un taxi, habría pagado el equivalente de cinco dólares.

Dentro del bus hacinado, la música suena a todo volumen. Tiene la elegancia y el encanto del son cubano, pero es otra cosa. El trabajo de jóvenes músicos que hacen evolucionar sus raíces.

No hay lugar para sentarse y me arrimo a un espacio cerca de la ventana. Un hombre de ojos melancólicos me aborda. Ése es el Capitolio, señala con el índice. Lo están remodelando, ¿sabe? Abrirán allí un gran museo.

Habla con orgullo; sin embargo, sus ojos siguen tristes. Abajo, en el suelo, tiene unas redes repletas de latas vacías. Se sonríe, queriendo explicar: los cubanos andamos siempre en la lucha. "En la lucha..." Esta frase la escucharé mil veces mientras dure mi estancia en Cuba. Es la metáfora para nombrar la extensa red de negociaciones, trueques, arreglos y contorsionadas prácticas de la economía informal que permite a los cubanos sobrevivir a la pobreza. Se han nublado los vidrios, lo que convierte el paisaje en una huella borrosa.

Yo fui trabajador en las plantaciones de caña, continúa mi acompañante fortuito. Estuve años en la zafra. Pero ahora todo eso se acabó. Las centrales cerraron.

¿Las centrales?

Sí, los ingenios de azúcar.

La imagen de su rostro se quiebra en la ventana, distorsionada por las gotas de lluvia. Pierde unidad. Es un mosaico de colores confusos. Un campesino cortador de caña y ahora trabajador informal que anda en la lucha. Tiene ideas claras, sabe cómo expresarlas, conoce la situación de su país, le interesa la construcción de un museo en el Capitolio y la restauración de La Habana Vieja. En otras palabras, no está distanciado de la vida por falta de educación. Pero sí se encuentra disminuido por la pobreza. Es más ciudadano de su país que muchos hijos del tercer mundo, ignorantes de la realidad que los rodea y cargados también con la absurda miseria. Quizá precisamente por eso, porque es un hombre educado, muy dentro de sus ojos lo más cierto es la tristeza.

30

Amanecemos con el corazón en vilo. Es un día crucial, el primero de nuestro trabajo en Caimito. Tendremos que visitar a los personajes y proponerles el proyecto, ganarnos su participación voluntaria. Generar la necesaria confianza que permitirá la intimidad, base indispensable para todo documental. Hoy iniciamos la investigación de campo. Debemos hallar una historia que aguarda a ser contada, parapetada en los pliegues de la realidad.

Justo antes de subir al bus, llega corriendo una señora contemporánea de Belkis. Dice que se llama Marta. Su presencia es exagerada en todo aspecto. Muy maquillada, lleva enormes argollas en las orejas y anteojos oscuros que recuerdan a Jackie Kennedy. Se había acercado a las clases en los últimos días. Ahora comprendemos por qué: ella y su hija estarán a cargo de la producción de nuestros documentales.

Cuando llegamos a Caimito, Marta va, de pausa en pausa, saludando a gentes que conoce, recogiendo chismes en cada estación, extendiéndose en los detalles, con ameno parloteo. Ante nuestra evidente impaciencia, se sacude la molestia indicando que nos adelantemos.

Caminamos con prisa. Nos sentimos nerviosas por la expectativa de enfrentar a la poderosa Daisy. Al llegar, resulta que tiene visita: tres mujeres rellenitas; conversan alegremente. Una muchacha morena de increíble cabellera rizada les decora las uñas, utilizando el mínimo espacio para pintar pájaros, palmeras y exuberantes atardeceres.

Ella se siente incómoda con nuestra inesperada presencia y quiere darnos una explicación. La jovencita de gigantesco cabello es Iris, empleada del cine, encargada de alquilar las películas en DVD a los habitantes de Caimito. Nos muestra, con el índice extendido, una "videoteca". No hay más de media docena de películas ordenadas en un pequeño estante.

¿Y trabajas todo el día en esto?, pregunto con imprudencia, simplemente porque me parece que el volumen de selecciones no da para que una persona se ocupe de ello la jornada entera.

Mi pregunta cae sumamente mal. Las señoras que se pintaban las uñas con tanto entusiasmo dicen que es hora de partir. Daisy saca de dentro de una gaveta el alto fajo de carpetas que vimos el otro día sobre su escritorio. Ahora me parecen no solamente viejas. Los garabatos sobre las carátulas denuncian el aburrimiento, las horas vacías. La chica encargada de la videoteca no se inmuta. Con soltura, me explica que por las tardes tiene permiso para ir a estudiar a La Habana. Es alumna de la carrera de epidemiología. Por las mañanas viene al cine para atender a quienes desean alquilar películas. Mientras aparece algún interesado, pinta las uñas a las mujeres del pueblo que contratan sus servicios. Así redondea sus ingresos. A cambio de la autorización para realizar esas labores extra, se ocupa de mantener hermosas las uñas de Daisy. Es mi mejor publicidad, dice riendo mientras intenta alcanzar su mano para mostrarnos de lo que habla. Al ver el disgusto en el rostro de su jefa, se aparta.

Al rato, entra apresurada otra mujer. Por la naturalidad con la que se adentra en los corredores del cine, supongo que también trabaja aquí. Refiriéndose a ella, Daisy explica que se llama Mayolí. Añade, de manera oficiosa, que hace la limpieza y pasa películas para los niños de los círculos infantiles. Luego añade, en tono de excusa: Vive en Artemisa y no siempre logra entrar a tiempo. El transporte público es escaso.

Laura toma las riendas de la situación y lanza unas cuantas zalamerías. La hace reír, admira los barrocos paisajes de sus recién decoradas uñas, pero no va al grano. Beatriz y yo respetamos su dirección y tampoco decimos nada. Finalmente, logra articular su versión de las cosas. Le comunica que queremos hacer un documental que se llamará "Daisy y el ciclón".

Ella cambia la versión afable de sí misma por la otra, máscara de hierro.

¡No!, exclama con énfasis y al borde de un ataque de nervios, como si las cámaras estuvieran por llegar. Ustedes tendrán que hablar con mi jefe antes de filmar cualquier cosa en este lugar. No pueden venir aquí sin autorización. Se los expliqué claramente el otro día. No pueden tomarme fotos. Mientras escupe su angustia, se cubre los brazos, intentando ocultar un pernicioso eczema del cual no nos habíamos percatado. Suda profusamente y se seca con un pañuelito que, a continuación, hace girar como hélice a un costado de su rostro, mostrando su ansiedad.

Mira a la pared con persistencia, ignorándonos, esperando que desaparezcamos. Laura abre la boca para decir algo y ella la interrumpe alzando la voz. ¡Jamás! Pronuncia la palabra en tono de advertencia, con el dedo índice (y su larga uña) alzado como un asta.

Laura voltea a verme con pánico.

Entonces cambiamos el tema y nos ponemos a conversar de cosas triviales: los signos del Zodiaco, las telenovelas brasileñas que le provocan tremenda curiosidad. Luego nos pregunta cosas personales, intentando imaginar cómo es la vida más allá de los férreos confines de la isla. Esta charla informal la calma. Ofrece prepararnos un café, para lo cual se aparta de su puesto en la entrada del cine y se interna en una pequeña bodega.

En aquel momento llegan Marta y su hija a evaluar la locación. Entran sin preguntar hasta la sala de cine, la caminan de arriba abajo.

Mayolí se acerca a la bodega y le susurra a Daisy al oído. Seguramente le advierte de la incursión. Ella sale como ventarrón para increpar a las intrusas que se han adentrado hasta los intestinos de lo que, para los efectos del caso, es su territorio. Vocifera, exigiéndoles salir de inmediato.

Por supuesto, ante la imponente presencia de Daisy, recortada en el marco de la puerta, Marta y su hija salen corriendo de la sala. Se deshacen en explicaciones.

¡Qué abuso!, repite con los ojos brillando de ira. Esto es como si yo llegase a su casa y entrara sin preguntar; es una falta de educación, una falta de respeto, una grosería. Las palabras le salen a borbotones de la boca como una olla en ebullición.

Marta mueve sus pequeños ojos de un lado al otro. Entre sus manos, deshace con nerviosismo una hoja de papel. Tenemos permiso de la Dirección de Cultura de Artemisa, logra decir.

A ver, ¿me lo puede enseñar?

Es que… no me lo han entregado. Pero ésta es la solicitud que hicimos; iremos ahora a recoger el permiso.

Salgan ahora mismo, grita hecha una encarnación de la diosa tormenta.

Marta quiere interceder, pedir comprensión para las muchachas que tienen su proyecto y deben realizarlo esa mañana porque disponen de poco tiempo… La súplica desata otra ola de griterío poderoso.

Bajo aquella lluvia de reclamos, el desastre cae sobre nuestra producción antes de empezar.

31

La noticia de la disputa en el cine corre por los vasos comunicantes del pueblo. Daniel, el chispudo muchacho que nos condujo en bicitaxi el primer día, se nos acerca. Le contamos lo que tanto tememos: que nuestro proyecto se haya terminado antes de empezar.

En tono amistoso, quiere ayudarnos. Deberían hablar con Armando. Su familia era propietaria del cine antes de la Revolución. Ellos eran los dueños del pueblo. Vive allá, en la casa rosada de enfrente. Seguramente es quien más sabe de ese cine.

Laura nos mira con una negativa pintada en el rostro; cuando Daniel se aparta, nos aclara las cosas. No nos interesa esa historia… *Nuestra* historia es "Daisy y el ciclón"… ¿Qué cosa tenemos que ir a hablar con un viejo, hijo de oligarcas?

Beatriz y yo no estamos de acuerdo. Laura, los documentales son oportunistas. Nos están ofreciendo la posibilidad de enterarnos de otros aspectos de esta cuestión. En todo caso, "Daisy y el ciclón" no es algo escrito en piedra. Realmente no sabemos cuál es la historia.

Laura nos mira con furor y, con una tiranía que no le conocíamos, ordena: No estamos haciendo un reportaje. Por tanto, no nos interesa andar averiguando, averiguando. ¿No lo han entendido? Se trata de un documental *poéchico,* y luego subrayó: *poéchico.* "Daisy y el ciclón", ésa es la historia. Esto es lo que vamos a hacer: ¡reconstruir la metáfora del mago de Oz! ¿Recuerda? Me mira a mí, intentando recuperar los hilos de aquella noche cómplice.

Beatriz y yo estamos aturdidas por su reacción. Pero no cejamos. Y como la naturaleza de Laura no le permite mantener por mucho tiempo una postura en contracorriente, cede. Pero su rechazo la hace sumirse en un silencio que es resistencia pura.

La historia del documental toma un giro inusitado. Sin saberlo todavía, nos alejamos de las costas de una propuesta fantasiosa para navegar mar adentro en una realidad filosa.

La realidad pesa más que la fantasía. Laura supo desde siempre que no quería cargar con ese peso.

32

Armando tiene alrededor de setenta años, pero todavía es muy buen mozo. Tiene un porte impecable y la apariencia delgada de un hombre acostumbrado al trabajo físico. La vejez no se le nota, excepto cuando habla. Articula mal las palabras y tiene una afonía crónica. El resultado es una maraña verbal difícil de comprender.

Ana, su mujer, lo acompaña. Cuando les explicamos que somos estudiantes extranjeras, ella despliega su dulzura innata. Se deshace en atenciones. Nos permite pasar a sentarnos y se apresta a preparar una limonada.

Laura permanece atorada en su silencio rebelde. Dada su actitud, me parece que debo tomar la palabra. Le explico a Armando que queremos hacer un documental sobre el cine y una chispa brilla en sus ojos apagados. De entrada nos dice algo que hasta ese momento no sabíamos. Cuando su familia lo inauguró le habían puesto por nombre Charlie, en honor a su hermano menor. Una pausa es la muestra de su asombro al percatarse de que aquel acontecimiento está ya tan lejano.

Laura depone la resistencia silenciosa y pregunta: ¿Un cine llamado Charlie? Ahora, la ocurrencia de venir a conversar con Armando le parece oportuna. El ciclón del que habló Daisy también se llama Charlie. Parece la historia de un karma.

Nos impide continuar. Si vamos a entrevistar a Armando no podemos hacerlo ahora, sin la cámara. Perderíamos toda expresión espontánea...

Nosotros queremos saber más. Tener bases para construir una historia, pero Laura no lo permite. Así, terminamos nuestra sesión de exploración básicamente con lo mismo, excepto que ahora sabemos que el cine está marcado por una redundancia.

Es curioso el azar y su negro humor.

33

Belkis no se anda por las ramas. Básicamente nos acusa de haber perdido la jornada y desaprovechado un tiempo precioso. No tenemos nada. La investigación es una parte importante del trabajo, recalca. ¿Qué saben ustedes de ese cine? Laura quiere explicarle su postura. Se trata de un documental *poéchico*. No queremos información, información..., queremos construir una metáfora. ¿Entiende, Belkis? Una metáfora... Repite y recalca con una pasión que azota.

Belkis la mira con desdén. Déjate de caprichos. Deben regresar mañana a Caimito y... traer una historia.

34

A la mañana siguiente entramos en el cine suplicando a la fortuna que Daisy esté de mejor humor. Pero antes de que acepte hablar con nosotras, tenemos que escuchar un largo sermón sobre la mala educación de "la señora esa" que dice ser productora. A nosotras nos exonera del incidente ya que, según argumenta, no somos cubanas y, por ende, no estamos al tanto de las cortesías locales.

Escuchamos con paciencia, como chicas obedientes. Cuando termina, accede a mostrarnos el cine. Laura saca su cámara y se pierde en aquel mundo visual que tanto le fascina. Mientras tanto, Beatriz y yo conversamos con Daisy. Ella nos relata la tragedia del ciclón: asoló toda la provincia y dejó mucha destrucción, pero ningún muerto. Cuba tiene uno de los sistemas de alerta más eficientes del mundo frente a los desastres.

Subimos a la sala de proyecciones y allí está, como un dinosaurio dormido, el tremendo proyector ruso. Beatriz toma una foto de las letras que tiene inscritas en alfabeto cirílico.

El caudal de cosas que salieron de aquel sombrero de mago que fue la subvención económica de la URSS a Cuba quedó flotando a la deriva en el océano de la historia, como sucede con los grandes naufragios.

La presencia anacrónica de aquellos objetos del pasado, como este mamotreto empotrado en un cine del trópico, o la memoria de haber crecido al amparo de caricaturas rusas, o nombres como Aliosha, Irina, Ilich o Vladimir, son rescoldos de un fuego que ardió, infundiendo luz y calor a otro tiempo.

Me parece extraño tocar una máquina con una inscripción como aquélla. En la América dominada por el imperio yanqui, todo lo que provenía de detrás de la Cortina de Hierro era prohibido.

El "comunismo", más que una doctrina política y económica, fue durante la Guerra Fría un arquetipo del demonio. Los comunistas, además de ser confesadamente ateos, eran portadores de todas las plagas que destruirían al mundo civilizado. En su doctrina estaba condensada la perversión de la moral, de los "valores" y de las piezas fundamentales que habían servido para construir el mundo capitalista: libertad e individualismo. La prohibición convirtió aquel mundo oculto en algo que causaba terror y, por lo tanto, torcida curiosidad.

Mientras, seguros de estar del lado de "los buenos", nos atorábamos con las producciones culturales y tecnológicas "americanas". Nos acostumbramos a los héroes de Hollywood y las fantasías del *American way of life* que lograron distraernos de la realidad y llenarnos de deseo. Nos dejamos estafar por sus baratijas y sus mentiras. Traicionaron mil veces nuestros intentos de autonomía. Perdidos en ese torrente de imágenes con rostros que no eran parecidos a los nuestros, llegamos a olvidar quiénes éramos.

Daisy mueve sus enormes manos alrededor de las piezas, siguiendo la trayectoria de una cinta cinematográfica al ser proyectada. Quiere mostrarnos cómo funciona el aparato. Hay en la pared una pequeña ventana cuadrada. Es el agujero por donde viajan las imágenes a la sala de cine cuando el proyector está encendido. Desde ese pequeño agujero puede verse la sala y también la pantalla grande. Es un espacio de privilegio. Imagino lo que puede ser estar aquí, a solas, como el gran mago que provoca el encanto.

Beatriz le pregunta cuál fue el daño que causó el ciclón. Ella se vuelve imprecisa, su rostro enrojece. Entonces, sus ojos se posan en una empolvada caja cerca de la ventana. La abre y nos muestra los fusibles. La energía eléctrica llega a este transformador. De aquí pasa al proyector. Y así funciona. Con el ciclón, la caja de fusibles se arruinó.

¿Cuándo sucedió el ciclón?, pregunta Beatriz.

En el 2004.

Entonces, han transcurrido… ¡casi diez años! ¿Por qué resulta tan difícil arreglar los fusibles?

No responde de inmediato. Luego intenta aclarar: Mira que los hemos llamado, "equipo roto, equipo roto"…, pero nunca hay respuesta. Nuestros avisos caen en un limbo.

Ahora Laura se nos une. Para halagarla (y cambiar de tema), Daisy abre el proyector y saca el poderoso lente. *Deus… Que beleza!* Lo bombardea con el *flash* de su cámara.

Cuando nos habla de su rutina de trabajo, saca las ocho carpetas que representan los controles que debe llevar a diario y mensualmente.

Pero ¿funciona el cine?

¡Chicas, ya les he dicho que funciona!

A juzgar por la quietud que impera, el obvio descuido de la sala y los fusibles dañados por el ciclón, aquel rimero de papeles parece una broma.

Y ¿cómo proyectan con los fusibles dañados?

Ella está molesta con la insistencia. Nos explica que, mientras arreglan los fusibles, se proyectan las películas con un *video beam.*

¿Y qué películas pasan? La programación la establece una oficina gubernamental en Artemisa. Daisy pone encima del rimero de carpetas una donde se lee: "Programación".

Preguntamos qué películas pasarán esta semana, movidas por la curiosidad de saber cuáles obtienen la aprobación estatal. Como para salir del paso, contesta: Debido a que ha estado viniendo poca gente, aprovechamos para preguntarles qué desean ver. Ponemos lo que pide la mayoría.

¡Wow!, exclama Laura, ¿entonces este cine es una democracia?

¡Claro!, responde Daisy con sorna. ¡Una democracia!

35

Cuando volvemos a la casa de Armando, el ruido de la calle es infernal. A esta hora, el tráfico se ha puesto pesado. Estalla en los mil bocinazos que recordamos de nuestra primera visita. La voz afónica y la abigarrada pronunciación del viejo se pierden en la bruma del calor húmedo y el ruido. Es imposible comprender lo que intenta explicar; parece que habla en otro idioma.

Para colmo, Laura se acerca a cada rincón, tomando fotos. Armando la sigue con la incomodidad de quien ve invadida su privacidad. Nada parece favorable para la delicada tarea de crear una atmósfera de intimidad y que el viejo cubano pueda abrirse.

Aparece Ana con su presencia almibarada y nos propone pasar a una estancia interior, alejada del bullicio y mucho más fresca. Nos ofrece agua y, poco a poco, empezamos a entender lo que cuenta Armando con vehemencia. Resulta evidente que recordar el pasado es para el anciano desatar una represa de emociones.

Viene de una familia bastante acomodada. Antes de la Revolución, su padre tenía tierras y muchos negocios. El antiguo cine que había en Caimito se quemó y los vecinos acudieron al patriarca del pueblo para pedirle que construyera uno nuevo.

El padre de Armando había dado un negocio propio a cada uno de sus hijos. Tomó la decisión de construir el cine, pensando en dárselo como regalo a Charlie, su hijo menor. Cuando lo terminó, el niño no había llegado a los diez años.

Ana interrumpe a su marido, saboreando aquel pasado común. A mí la inauguración del cine me hizo llorar mucho. Se había preparado una recepción a la que estaban invitadas todas las familias conocidas.

Era apenas una niña y sus padres le mandaron hacer un vestido nuevo. Pero a última hora no quisieron llevarla. El cine había causado tanta expectativa que la aglomeración se tornó amenazante. Todos querían estar allí, rebalsar la sala, porque la inauguración de un cine en un pueblo pequeño resulta excitante. Sus padres temieron que la niña pudiera salir lastimada en aquel alboroto. Así que Ana se quedó en casa llorando "inmensamente".

Luego, Ana ríe. Adosado al recuerdo frustrante del vestido que no estrenó, encuentra otro lleno de gozo: poco tiempo después conoció al que hoy es su marido. Nos sentábamos juntos en la escuela. Desde entonces no nos hemos separado. La ironía de esta cuestión trae luz a sus ojos.

Armando saca un álbum desgastado por los años para mostrarnos las fotografías de aquella inauguración. La sociedad retratada no existe más en el pueblo: gente vestida con ropa fina, collares de perlas, estolas de piel, trajes y corbatas de moda. En la mesa se descorchan botellas de champán. La gente eleva sus copas para mostrar a la cámara el ánimo festivo.

También nos muestra la invitación para "el acto de bendición", que incluye el programa de la noche: revista de actualidad nacional, un cartón en colores, un documental. La fecha al pie de la desgastada cartulina es 7 de septiembre de 1950.

La última fotografía es de una pareja muy joven. Vestidos muy elegantes, como se estilaba para las fotos de estudio. El hombre tiene el mismo rostro de Armando, pero con gesto altanero. En medio de los dos, un niño exageradamente rubio de unos tres años examina la cámara, con mirada acuosa, como si recién hubiera dejado de llorar. Es mi hermano Charlie, explica Armando, sobando levemente al niño con un dedo rígido por la artritis.

Cuando la Revolución llegó, la familia partió, como tantas otras, con destino a Miami. Su patrimonio fue expropiado. Charlie viajó con ellos, dejando atrás el cine que su padre le había regalado pero que nunca pudo administrar porque no había cumplido aún los dieciocho años.

Yo decidí quedarme, dice Armando.

¿Cuántos años tendría entonces aquel hombre? ¿Veinte? Me resulta difícil imaginar a un muchacho tan joven frente a semejante encrucijada: quedarse no fue un acto pasivo. Se trataba de emprender otro viaje. Uno de consecuencias más inciertas que aquella migración colectiva a Estados Unidos.

Ver partir a la familia, ver partir en bloque a la sociedad a la que pertenecía, tomar la decisión divergente, la decisión que subvertía y traicionaba la estructura que lo había acunado. Quedarse y apoyar con su presencia lo que la familia repudió con el gesto de partir.

Le hago la pregunta: ¿Fue difícil la decisión?

Sonríe con tristeza. No... Todos éramos jóvenes, nos enamoramos de la Revolución. Aquel entusiasmo contagiaba. Sus ojos se iluminan con la inocencia y la esperanza de aquellos días. Continúa: Nos movilizamos por toda Cuba, como hermanos. Se abría un horizonte muy amplio. Una sensación de que estábamos construyendo el futuro con nuestras propias manos, que éramos, por fin, los actores de nuestra historia. ¿Quién no quería ser parte?

Ana lo mira con fervor mientras él prosigue con su relato.

En medio de aquella turbulencia y tanta excitación, nadie estaba midiendo las cosas. Los que nos quedamos nos fajamos y sufrimos, pero lo hicimos con pasión. Era lo que teníamos que hacer.

Entonces nos cae encima su silencio porque es indudable que el tiempo rodó encima de aquel entusiasmo de los primeros años, cuando los ideales eran frescos. Ahora resulta notorio que Armando batalla por aquella claridad que antes fue sencilla. La decisión tuvo un costo estrafalario. Solamente el tiempo lo hizo evidente. Los recuerdos son un enjambre de moscas que se apiñan. Baja la mirada y, cuando la levanta, sus ojos nadan en lágrimas.

Pregunto a Ana qué piensa del cine y su actual estado: ¡Ay, no! Yo no voy nunca para allá. Lo dice de manera radical, como si el solo hecho de mencionarlo fuera ofensivo. Ese lugar está tomado por el partido y el Poder Popular. Tienen allí un montón de gente empleada, que no llega a trabajar. El cine no funciona desde hace como diez años. Es una gran corrupción.

Armando se monta en la cólera de su mujer y empieza a balbucear reclamos con la garganta hecha un garabato. No sé cuántas mujeres que no hacen nada. El cine tenía un proyector maravilloso, ¿qué hicieron con él? Ese mamotreto soviético tiene años de no funcionar. ¿De dónde van a sacar los repuestos? Yo viajé por años, trabajando en el campo. Me uní a todas las grandes empresas cubanas: fui a la Zafra de los Diez Millones, a las Escuelas al Campo, a los Contingentes Pedagógicos. No vi crecer a mis hijas por andar en esa lucha.

De la cólera pasa al evidente dolor.

Cuando llegó el "periodo especial" tuvimos que dejar de comer para que ellas comieran. El sacrificio era poco para sostenernos y sostener la Revolución en contra de los ataques que nos llovían. Ahora, los mentirosos y los ladrones olvidan y lo pervierten todo.

Ana cambia de tema para aplacar la ira de su esposo. En el verano del año 65, empecé a trabajar en el cine y aquello era muy lindo. Todo estaba tan limpio que se podía comer en los baños. La gente daba vuelta a la cuadra para ver los estrenos que llegaban cada semana. Teníamos que dar tandas extra las personas se paraban en los pasillos. ¡Tantas películas soviéticas! Los niños crecieron viendo dibujos animados rusos...

Y luego Armando: No había pobre o rico. Los fines de semana se presentaban varias funciones. Quinientas butacas y no se daban abasto. Hoy, ¿quién puede usarlo? Pregunte usted a los jóvenes o a los niños. Nunca han tenido el gusto de ir a un cine. No saben lo que es la pantalla grande. Solamente conocen el encierro y una pared que se les pone enfrente por destino. ¿Qué van a hacer esos jóvenes?

Ana retoma: Perdonen a Armando; está afectado. Hace una semana Charlie murió en el extranjero. Apenas nos enteramos ayer. Era el menor. No pudieron despedirse. A los cubanos nadie nos da una visa. Él vivía en Estados Unidos; tampoco pudo volver.

Armando añade con amargura: Mi hermano murió en Miami de una enfermedad que se cura en Cuba desde hace años… ¿No les parece una broma?

¿Entramos en su casa para esto? ¿Para abrir sus heridas a fin de hacer un documental? Siento que es hora de irnos.

¿Podemos llamar para acordar el día en que filmaremos la entrevista?

Es que… no tenemos teléfono. Como hay familia afuera, ellos… Su mano señala una vieja instalación telefónica. Los cables están cortados.

"Ellos." Esta sola palabra, tan breve, resulta suficiente para explicar la grieta que se abrió entre la gente y quienes gobiernan. "Ellos" es distinto de aquel viejo y eufórico "nosotros". El "nosotros" de los muchachos de entonces, que marcharon victoriosos y juntos a La Habana. "Ellos" son ahora unos extraños.

Los hilos del teléfono cercenados… ¿Laura quería una metáfora? Pues allí tiene una.

36

Ella está disgustada. Y los motivos de su enojo son tantos como las serpientes que adornan la cabeza de Medusa. Quizá el aguijón más punzante para Laura es que la imagen de Daisy se desmorona. La princesa forjada en su cabeza con tanto deleite parece deleznable, como un castillo de arena ante el embate de una golosa ola. Armando la presentó como cómplice de quienes carcomen los bienes públicos, al amparo del partido y el Poder Popular.

Pero Laura no lo ve. Escoge justificar su malestar con una excusa baladí. Dice que le molesta que hayamos provocado la explosión emocional de Armando. Ahora, ¿cómo haremos para que sus emociones luzcan frescas cuando lo filmemos?

Al instante se traiciona. Esas entrevistas no son importantes. ¿Qué tenemos que ver nosotras con un viejo reaccionario? ¿Qué tenemos que ver con una historia trillada? ¿Cuántas familias cubanas perdieron sus bienes y partieron a Miami? Familias que contarán, una y otra vez, exactamente el mismo relato. ¿No les parece aburrido? ¿No les parece un cliché?

Beatriz la secunda. No vamos a quedar bien con nadie hablando mal de la Revolución. Además, quizá ni siquiera nos dejen hacer el documental. Al fin y al cabo, la Escuela depende del gobierno cubano, ¿no?

Ambas parecen estar de acuerdo. No vale la pena filmar una entrevista como ésa. En los países pobres, muchos cines no funcionan. ¿Y qué? ¿Qué importancia tiene? Seguramente, el dinero se necesita para otras cosas...

Sus afirmaciones me encienden. Lo que Armando nos ha revelado es un esquema del poder. Tienen un montón de gente trabajando en un cine que no opera. ¿No lo ven como una traición?

Ninguna responde.

¿Entonces se trata de justificarlo todo, siempre y cuando venga de los simpáticos revolucionarios?

Beatriz quiere matarme. Laura me acusa.

Usted exagera, exagera, exagera... Mire los logros de Cuba: salud, educación. ¿Por qué fijarse en un cine pequeñito? ¡Claro!, contesta Beatriz, también enojada, Cuba es un ejemplo.

Acepto sus razones... La cuestión es compleja y con muchos matices. Sin embargo, me molesta que nos pongamos complacientes con esta historia.

37

He aquí el dilema: aprendimos de manera teórica que el compromiso del documentalista es con la verdad. Al menos con esa verdad subjetiva que permite a cada quien su propia mirada. Ahora resulta que, cuando la cosa se pone complicada, nos hacemos a un lado y buscamos lo más cómodo, lo menos comprometedor.

La parte más confusa de este asunto es lo que duele. Sí, aquella tarde, la casa ardiente y alborotada por la estridencia del tráfico, Armando y su dificultad para hablar porque es viejo y porque siente una terrible pena que no puede controlar, tuvo consecuencias. El ejercicio académico se convirtió en algo así como meter las manos en una caja de cuchillas afiladas. ¿Es esto ser documentalista? ¿Un espacio doloroso donde reconocemos en los otros nuestra propia y sensitiva vulnerabilidad?

Vimos con nuestros ojos los hilos cortados de un teléfono que desde la Historia apagó las conversaciones que importan a las biografías. Y no me parece un "cliché" la historia de miles de familias, de carne y hueso, que pagaron con sufrimiento muy real el precio de una utopía que se les vendió, antes que nada y por encima de cualquier cosa, como un asunto ético. ¿No era eso el hombre nuevo? ¿El prototipo del hombre ético?

Marx pensó que el ser humano merecía ser liberado de las contradicciones de la historia. Creyó que podíamos ser actores conscientes del devenir y no objetos serviles del poder.

Ahora no se puede pedir a personas como Armando que sean obedientes, que se conformen con la Revolución desviada que sus ojos ven. Que consientan los errores de quienes hoy tienen en sus manos las riendas, en detrimento de gente común, como la familia de Armando, como él mismo.

La ira de Armando tiene que ver con un sentimiento de pérdida. Tiene que ver con pedirle cuentas a esa Revolución por la cual él y tantos otros como él renunciaron a cosas entrañables y concretas.

Pero resulta que a las revoluciones no se les puede pedir cuentas. Quienes lo hacen son perseguidos como sospechosos y reaccionarios porque las revoluciones terminan estableciéndose y, una vez establecidas, defienden ese "establecimiento". Los disidentes acaban doblegados por esa invención universal que es el gulag.

El cine no es el centro del relato que necesitamos contar. Es un lunar, marcado por el ADN de un organismo complejo en el que están implicados la biografía de millones de Armandos, la historia de Cuba, los ideales revolucionarios de la humanidad, la geopolítica, el huracán Charlie y muchos jóvenes a la deriva, que matan el tiempo en un parque ruinoso, o sea, esa espera que es el futuro.

¿Qué es lo que importa?

El sentido más profundo de la Historia se vive en los cuerpos de las personas comunes y corrientes. Esas que no aparecen en los libros. Esas que terminan borradas de los discursos. Son los verdaderos héroes de las revoluciones y también sus únicas víctimas. Las ideologías dejan de tener sentido cuando se inflan de aire y vuelan como globos, demasiado alto para responder a las necesidades de la gente.

Si a Laura el drama que nos cayó en las manos le parece insípido o llanamente inconveniente…, ¡a la mierda con ella!

38

Pero las cosas no son tan fáciles cuando se trabaja en equipo. Laura exige que planteemos a Belkis la disidencia interna. Así que volvemos a hablarle. Frente a ella, Laura insiste en las bondades de hacer una historia divertida, muy cercana a un relato de ficción. Seguirle la corriente a Daisy y hablar del desastre del ciclón, mostrándola como una heroína del reino de Oz (es decir, eludir la verdad).

Por mi parte, quiero seguir el hilo de la investigación y averiguar lo que realmente pasa en el cine, porque siento (con fiereza) que es importante.

Belkis oye en silencio y sopesa la situación. Su sentencia: Me parece que Daisy es una mentirosa. Vayan esta tarde a Caimito porque es fundamental establecer si el cine funciona.

39

Cuando llegamos aquella tarde, las mujeres toman café y conversan. Las voces se sobreponen unas a otras y el conjunto es ininteligible. ¿Cómo se entiende este grupo de cotorras?

Daisy se sorprende cuando nos ve aparecer. Ciertamente, no esperaba la visita. En una de las ventanas que dan a la calle, una improvisada cartelera ha tomado sitio. Parece hecha para una tarea escolar. Según anuncia, hoy a las cuatro exhibirán *La muerte de un burócrata,* de Tomás Gutiérrez Alea. Faltan quince minutos para que inicie la función. ¡Qué buena oportunidad para verla, justamente aquí!

¿Y hoy no van a escoger la película democráticamente?, pregunta Laura con ingenuidad. ¿Cuánto cuesta la entrada?

Daisy guarda un incómodo silencio. Voltea a ver a Mayolí, quien siente la responsabilidad de resolver la situación. No, chicas, hoy no habrá función. Quedaron en que venían a fumigar la sala... No sé qué pasó. No han venido. Pero podrían llegar en cualquier momento.

¿Y mañana? ¿Podemos venir?

Ah, no. Los sábados abre la discoteca. La gente va para allá, dice Mayolí.

Daisy añade: ¡Chica! ¿Qué quieren, que trabaje todo el tiempo? No abrimos los fines de semana.

¿El lunes, quizá?

Una de las señoras que toman café parpadea. Tiene los ojos tan maquillados que sus pestañas son pesados abanicos negros. Se atreve a intervenir. Daisy... El lunes podríamos venir... Si tú quieres...

¿La mujer está insinuando la posibilidad de armar una función adrede para engañarnos? ¿Serán capaces de fraguar una puesta en escena?

Sí, dice Daisy, sin convicción. El lunes pueden filmar la función, si eso es lo que quieren. Habrá que hablarle a la gente para que venga. Pero no les prometo nada.

No, no se trata de la filmación. Queremos experimentar qué se siente venir a este cine en una función ordinaria.

Pues entonces... vengan, replica, queriendo salir del brete. Sí, vengan a la función del lunes. Mayolí y las otras mujeres se miran con preocupación.

Está claro que todo es una pantomima. Tal como Ana nos lo dijo, no hay funciones. En este cine lo único que sucede, día con día, es la reunión de vecinas que chismean a gusto lejos de las inclemencias del sol.

40

Al llegar a la Escuela, cada una toma su camino, evitando la conversación. Yo me retiro a mi usual escape: la piscina. Ni bien me acerco, el cielo se oscurece a causa de unas ominosas nubes negras. Los relámpagos zigzaguean a lo lejos, presagiando una tormenta eléctrica. La lluvia empieza a caer justo cuando me sumerjo. El quieto interior del agua no se percata del drama climático. El silencio expansivo de la profundidad contrasta con el escándalo de la lluvia que apenas agita la superficie. Las gotas golpean ligeramente mi dorso como una multitud de dedos fríos. Entregada a esa experiencia tan placentera, se me pasa la mano. Cuando termino estoy agotada y con mucha hambre.

Rehúyo la vida social del comedor. Decido ir a la cafetería por un sándwich de queso con un café negro para levantar mi energía.

Allí encuentro a Beatriz. Toma una cerveza en soledad. Me doy cuenta de que ha estado llorando. Es que no puedo con esto. ¿Quién soy yo para venir a este país a escudriñar los problemas de la gente? No quiero hacer una denuncia contra Daisy… No quiero meterme en un asunto político, no quiero seguir preguntando a Ana y Armando sobre sus cosas. Esto es horrible.

La escucho y no puedo sino reflexionar. ¿No es ésa la razón por la cual vinimos? ¿O solamente queríamos un sofisticado viaje turístico?

Beatriz, creo que debemos tomar una decisión. O nos comprometemos a hacer este documental, sin importar las implicaciones que tenga, o hacemos una payasada con el tema de "Daisy y el ciclón". ¿Qué quieres tú?

No lo sé.

Sus ojos verdes suplican por una tregua.

41

Es hora de dormir. Debo atravesar los campos hasta el edificio de apartamentos que brilla a lo lejos. Las ranas croan con fiereza y tienen el edificio sitiado. Me siento incapaz de caminar hasta mi cuarto, pero no es a causa de las ranas. Es por Laura. Sé que me aguarda allí, llena de argumentos y complicaciones para atosigar con inclemencia mi cerebro. Oponerme a sus embates es algo que me resulta cada vez más difícil afrontar.

Me siento en una banca a contemplar cómo navega la luna en el vacío satinado de la oscuridad. Sin qué ni para qué, viene a mi memoria una historia que una vez leí: un hombre vive largos años con su madre. Cuando ésta muere se siente liberado. Por fin podrá casarse, tener hijos. Cumple con esos rituales, pero vuelve a sentirse atrapado. Y a medida que su universo se disminuye, se limita y se define, se siente cada vez más infeliz. Una mañana salta de su ventana y se estrella en el pavimento. Un pájaro que merodea por allí vuela aterrado. Y un chico que pasea en bicicleta se asombra. Un oscuro entusiasmo lo embarga. Nunca había presenciado algo así en la vida real, solamente lo había visto en el cine.

¿Por qué recuerdo esto ahora?

Los relámpagos inquietan el cielo. Anuncian el regreso de la lluvia. Nada extraordinario. Llueve casi todas las noches. La luna se esconde detrás de las nubes. El millón de ranas persiste en tiranizar el universo con su clamor. ¿Cuándo callarán?

Empieza a llover y, como si fuera la demanda que planteaban con vehemencia, se adormecen y callan.

42

El cielo luce despejado y se abre el horizonte de los amplios pastizales. Parece que la tierra se extenderá sin límite hasta alcanzar el infinito. Beatriz hace gala de su preciosa sonrisa. Nos juntamos a desayunar y me dice, con la mirada ya libre de todo peso: ¡Hagámoslo! He pensado las cosas. Armando y Ana merecen esto. Estoy decidida.

Acordamos regresar a Caimito por la tarde para hablar con un funcionario del gobierno cubano. Queremos escuchar la versión oficial acerca del cine. Laura ya no expresa su oposición de manera abierta. Accede a acompañarnos, pero lo hace con blindada indiferencia.

Sí, se acoge a la indiferencia y la usa como armadura. Excepto por minúsculas ráfagas, cuando todavía batalla por defender su envejecida propuesta. Insiste en que, antes de la entrevista planificada para el final de la tarde, vayamos a la radioemisora local para obtener grabaciones de los reportajes del ciclón. Seguramente tendrán archivos que podremos utilizar en el documental. Entonces somos Beatriz y yo quienes callamos. Así, en una danza de silencios y diplomática mesura, afrontamos el día.

Cuando llegamos a Caimito, ya entrada la tarde, Laura parece necesitar que alguien la arrastre. En su macondiana imaginación, entrevistar a un funcionario de gobierno es como cargar un costal de rocoso tedio. Nunca conocí a una persona que repudiara tanto las costas del aburrimiento.

En el camino encuentra algo a lo cual amarrar su atención: una cachorrita desnutrida y pulguienta. Olvida todo lo demás. La recoge en sus brazos a pesar de que está ostensiblemente sucia. Toca las puertas de las casas y pide leche. En un lugar donde la comida es un bien precario, su petición resulta inefectiva.

Las labores de protección animal a las que Laura se entrega nos hacen avanzar con lentitud extrema, pero logramos llegar hasta la casa de Octavio Pereira, jefe del Departamento de Desarrollo Artístico de la Provincia de Artemisa.

Durante aquella penosa travesía, en lugar de concentrarnos en la entrevista, nos dejamos enredar por Laura, que no sabe cómo hará para llevarse a la perrita a la Escuela.

Laura, en tres semanas te irás: ¿la vas a dejar abandonada?

Seguramente otros estudiantes querrán cuidarla. Hay muchas sobras de comida en la Escuela. Pueden alimentarla. No puedo dejarla aquí solita… Se va a morir.

Bueno, pero allá también puede morirse. ¿Y si nadie la adopta cuando tú te vayas?

Octavio Pereira no ha llegado. Lo esperamos sentadas en las pequeñas gradas de la entrada, mientras Laura aprovecha para continuar su labor de socorrista.

Finalmente llega. El funcionario cubano resulta ser un atractivo mulato, muy bien vestido, calvo y obviamente homosexual. Al enterarse del apellido italiano de Beatriz, se entusiasma. Habla de su amor por el diseño italiano. Resalta que toda su ropa se la traen de Italia conocidos y amigos que viajan a Cuba. Porque él no es solamente un funcionario público. También es un artista.

Laura le muestra a la perrita pulguienta y le pregunta si no quiere adoptarla. Octavio hace una mueca de asco. Extiende los brazos para alejar a Laura y, haciendo un determinado ademán de negativa con las manos, le pide que no entre a su casa cargando al inmundo animal. Laura tiene que soltar a la cachorrita, que sale huyendo despavorida, quizá agradecida por la liberación.

Octavio propone un café "estilo europeo". Saca una lata de expreso italiano; lo prepara con ralladura de limón. Es su versión de un café refinado.

Le expresamos nuestro interés de hacer un documental sobre el cine de Caimito y su tono cambia. Ahora parece un muñeco que se maneja por medio de un cordel y que repite la grabación de un discurso oficial insertada en su cuerpo de algodón.

Inicia su parloteo explicando los altos logros de la Revolución en Cuba, del cine como medio para combatir el empobrecimiento espiritual del pueblo. Como ustedes saben, el cine educa, dice con aire doctoral. Por eso ahora (su tono insinúa que se trata de un poderoso logro del gobierno) los cines en Cuba se están convirtiendo en "centros polivalentes". Es ambicioso, pero ¿qué puede impedir que aquellos valiosos espacios sean más que un cine?

Hay que pensar en grande. Cada cine puede ser también galería, teatro, escenario de danza para que la gente disfrute de la amplia gama de la riqueza cultural.

No sé si han reparado en ello, pero el cine de Caimito es también una galería de arte donde exponen los mejores artistas de la región. Justamente ahora hay una importante exhibición. Cada fin de semana tenemos espectáculos promovidos por la casa de la cultura, noches de danza, noches de teatro, biblioteca… ¡Si ustedes pudieran observar las filas de los fines de semana! ¡Las butacas no se dan abasto! ¡Los sábados, la gente que espera para entrar dobla la esquina! Más de quinientas personas por función… La sonrisa de satisfacción que su fantasía le provoca amenaza con resultar imperecedera.

Al preguntarle si el cine funciona parece incómodo, como si un mosco inoportuno lo apartara de los asuntos verdaderamente relevantes.

Ah... Sí. Ese asunto. Parece que se rompió una pieza del proyector... Aunque, según entiendo, se las arreglan para tener programación...

En Cuba, la gente es amante del cine, porque el cine educa. Si no, miren ustedes los festivales en La Habana... Todos quieren entrar. Cuba tiene una larga tradición de cultura cinematográfica... Y es que el cine es cultura.

Actualmente, continúa Pereira, tenemos la estrategia de motivar a la gente para que regrese a los cines. Para eso, en cada sala hay una videoteca que provee el ICAIC. Cada mes se reúne una comisión conformada por catorce especialistas. Se trata del taller provincial. Ellos definen la programación de las películas y las actividades polivalentes. ¿Censura? No, no, responde con molestia. Simplemente tratamos de alejar a la gente de las producciones vacías y decadentes que sólo servirían para llenar su cabeza de basura consumista. Además, como ustedes sabrán, tenemos un claro rector en nuestra política cultural: "Con la Revolución todo, contra la Revolución, nada". Son las palabras del propio Fidel.

Pero nos han contado que no hay funciones..., que el cine es una farsa.

Lo que pasa es que la tecnología ha avanzado tanto que la gente prefiere quedarse en casa y ver cómodamente las películas en DVD. En Cuba cada familia tiene un aparato. Lo fundamental es que vean cine..., ¿qué importa dónde?

Laura no puede más. Se levanta de improviso y dice que va a llamar un taxi para que nos lleve de regreso a la Escuela. Beatriz y yo nos volteamos a ver con estupefacción. ¡No hemos terminado la entrevista!

Laura sale sin siquiera responder a la mano extendida de Octavio.

El burócrata aprovecha para zafarse de la incómoda necesidad de seguir hablando del cine. Da por terminada la visita, pero accede con gentiliza a nuestra petición de filmar la entrevista. ¡Con mucho gusto! Además nos ofrece preparar un almuerzo para nosotras el próximo sábado a mediodía, por si se nos antoja degustar la sabrosa comida cubana.

Laura nunca volvió con el taxi y tenemos que caminar de regreso. Pasamos frente al cine. Según lo que Octavio ha dicho, hoy tendría que estar a reventar. Grandes multitudes educándose por medio de las manifestaciones culturales del espacio polivalente. Pero la propaganda oficial nada tiene que ver con los habitantes de Caimito. Son las cinco de la tarde y las puertas del cine están cerradas. Nos acercamos para mirar al interior: dos o tres cuadros ingenuos cuelgan de los muros de la "galería de arte", media docena de películas nos miran de vuelta desde la "videoteca" y, sobre todo, dentro de la sala no hay masas ansiosas de cultura.

De hecho, no hay nadie.

¿Dónde está la gente que avasalla el cine con su entusiasmo? Son fantasmas que habitan en los reportes oficiales. Criaturas surgidas de la cabeza de un burócrata cubano llamado Octavio, quien sueña con vivir en Italia.

43

Laura está furiosa. Piensa que perdió a la perrita por nuestra estúpida idea de hacer algo tan inútil como entrevistar a un burócrata. Cuando salió de casa de Pereira no pudo encontrarla.

Lo que pasa, dice con furia, dirigiéndose específicamente a mí, es que usted le tiene miedo a una obra *poéchica*. Usted no entiende nada de estructura narrativa, de imágenes lindas, de tramas divertidas... Solamente quiere demostrar, averiguar, como si eso fuera lo importante. Teníamos una historia hermosa y usted la arruinó.

Al verla tan descompuesta por el giro que tomaron las cosas, siento dolor. A mí también me hubiera gustado que la historia hubiera sido otra. Me hubiera gustado contar un cuento acerca de la nostalgia de una princesa de proporciones descomunales llamada Daisy, encerrada por el ciclón en un fantasmal cine que, cual mítica torre de marfil, la tiene atrapada en una vida dedicada al cuidado de sus portentosas uñas.

Me habría fascinado crear una estructura narrativa extravagante que hiciera relucir mi talento. Sí, aquella estructura genial podría haber sido circular, en forma de estrella o fragmentada como un mosaico. Una antinarrativa, una revelación de la más pura vanguardia. Mi ego habría gozado con aquello y… habría complacido a Laura.

Pero mis ojos no vieron eso. Y quizá el cine documental tiene que ver con la mirada. Esa mirada que tiene cada uno sobre las cosas.

44

Salgo del comedor; la música está a tope. Me acerco al rancho donde se celebran las fiestas, para tomar un trago. Un chico brasileño que parece un oso gigante danza sin camisa mientras sus compañeros lo bañan con la cerveza que sale en dorados chorros de latas agitadas.

Rose, nuestra compañera de curso, siempre tan tímida, se ha subido a una de las mesas. Grita a Christian y, cuando éste se acerca, se lanza hacia él con los brazos abiertos, como un pájaro. Christian la atrapa en pleno vuelo, riendo y bromeando con su musical acento chileno.

Los mojitos son la sangre verde que aviva el ondulante organismo de la fiesta. No falta nadie. Jaime coquetea con Antonia, Carlos recibe los embates del cuerpo de Giselle en un poderoso reguetón. Los chicos del curso de guion cinematográfico, los de *scratch,* los de fotografía… Todos unidos en un solo cuerpo espasmódico y voraz, como células flotantes en biológica sinergia.

Me uno a la fiesta. Tocarse, liberar el cuerpo, extasiarse. Pronto pasamos del estadio del mono al del león. La gente se sobija, incluyendo en ese contacto toda la diversidad sexual que la era contemporánea ha lanzado al ruedo de lo permisible. Los cuerpos húmedos, cálidos, han encontrado el camino para quebrar las paredes de la resistencia.

Laura se aparece en este estado avanzado de las cosas. Se ha pintado, por fin, las uñas de rojo. Se monta con rapidez en aquel barco ebrio y por intermitentes sinapsis de mi cerebro puedo ver que bailamos juntas en un pequeño grupo que imita a Michael Jackson.

El estadio de oveja me alcanza cuando empieza a amanecer. Decido alejarme de aquel rancho donde la música revienta la atmósfera callada del campo. Cuando me aproximo al edificio de apartamentos, la poderosa voz de una soprano canta en francés un aria dolorosa. Su lamento escapa por las rendijas de una ventana iluminada. Un arbusto de camelias blancas derrama un suave perfume sobre el frío de la madrugada. Me siento a escuchar, a sentir el perfume y la deleitosa embriaguez.

La silueta de un hombre se acerca a la ventana desde la oscuridad. Hurga el horizonte con la pasiva inquietud del insomne.

Imagino que me mira de vuelta, unidos los dos por una extraña conexión. Cierro los ojos para cortar el contacto imaginario, pero en la pantalla oscura de mis párpados sigue proyectándose su silueta. Ahora imagino que camino hacia su puerta. Llamo y él atiende. Me veo entrar y apretarme a su cuerpo, suplicando en silencio que me reciba, no sólo en el cuarto, no sólo en sus brazos, sino en el profundo amparo de su deseo.

Abro los ojos para espantar el desvarío. Él ya no está en la ventana y, por una razón muy extraña, eso me provoca ganas de llorar.

45

Despierto tarde y con una resaca que pesa. No hay nadie en el apartamento; seguramente las chicas han viajado ya a La Habana. Bajo a la cafetería con el deseo irrefrenable de un café. La barra, usualmente atestada de estudiantes, luce vacía y silenciosa. Sentir la ausencia de aquel cuerpo colectivo y sostenedor de mis compañeros me produce repentino vértigo y, con él, profundo mal humor. Olvido el café. Pido un taxi a la chica de la pizarra. Quiero largarme de la Escuela.

El taxista, Alexis, es un tipo parlanchín. En los primeros kilómetros intenta un trillado y, por tanto, cansino discurso de seducción. Ante mi indiferencia, ensaya una perorata de índole política llena de alabanzas al partido. Con histriónico afán, me cuenta que es maestro. Gana el doble que la mayoría. Según entiendo, el privilegio parte de las prebendas de su filiación política. Me explica que el año pasado viajó a Venezuela, como tantos otros cubanos, para una misión internacional. Allí ayudó a los ancianos con un programa de educación física. Se regresa con plata, explica. ¡Nuestro sistema político es el mejor del mundo! Alaba la solidaridad internacional, la fraternidad entre los pueblos. Su retórica huele a discurso.

Callo y él se resigna. Pero el viaje es largo y Alexis es de esas personas que no soportan el silencio. Pronto encuentra otra vena de conversación que explotar. Usualmente trabaja los domingos. Tiene a su cargo varios equipos deportivos.

Pero aquel día no asistió a su trabajo. Busca la oportunidad de ganarse unos pesos con el auto. No es mío, aclara. Es alquilado. Resultó que mi llamada para hacer el viaje a La Habana coincidió con la llegada al aeropuerto de unos turistas. Alexis hizo malabares para combinar ambas cosas. Aclara que tendrá que pagar el arrendamiento al dueño, la gasolina y también una comisión a quienes lo recomendaron para los dos trayectos. Lo que le quede lo usará para comprarle comida a su hija. Hacemos lo que podemos para que los palos nos pasen por encima.

Y entonces, su arranque de honestidad: ¡En Cuba nos estamos muriendo de hambre! Y no estoy hablando de manera metafórica, añade con tono sarcástico. ¡En Cuba el hambre es literal!

46

Bajo del taxi en la Avenida del Puerto. ¿Quieres ir a la playa de Santa María? La pregunta llega desde el interior de un Cadillac de los años cincuenta pintado de un color insolente. La hace un muchacho joven de rostro vulgar y atractivo.

El auto me recuerda a mi padre, que tenía uno idéntico, pero de un austero color plata. Un carro alado, color etéreo, que conectaba bien con su lucha descarnada: empezó a trabajar desde muy joven vendiendo gaseosas de tienda en tienda; luchó apasionadamente por hacer dinero en una sociedad donde eso significa todo.

Aquel automóvil encarnó para él la dulzura del éxito. Podría haberse hundido en la marea alta de la miseria. Todas las condiciones estaban dadas para eso. Sin saber nadar, logró salvarse. Años después, llegó la quiebra de sus negocios y se pegó un balazo. Lo hallaron una madrugada en aquel auto alado, a la orilla de una carretera despoblada. Los Cadillacs no me resultan indiferentes.

¿Cuánto cuesta el viaje? Veinte dólares y te espero. Puedes gozar de la playa toda la tarde.

Es una oferta deseable. Pero no tengo traje de baño. El hombre abre el inmenso baúl del auto y resuelve el asunto. Puedes rentar uno. Adentro hay gran variedad. Alguno habrá que te sirva.

Así emprendemos el viaje. Mi acompañante se llama Miguel y aparenta unos veintiocho años. Avanzamos absortos en un delicioso silencio que aprecio. Llegamos a las playas del Este. Arena blanca y un océano traslúcido. Miguel quiere quedarse en el auto. Es un tipo discreto. Pero lo convenzo de acompañarme. Seguramente tendrás un traje de baño que te sirva, bromeo.

La tarde en la playa es un sueño. El mar está tibio y la experiencia es tierna. Como suaves cobijas satinadas, las olas vienen y van, deslizándose sobre nuestros cuerpos que juegan. Mientras, la brisa nos regala una húmeda frescura que nos saca a flote la alegría. Nadamos un buen rato, reímos como dos niños y luego dormimos al sol. El día fluye.

Miguel estudia filosofía en la Universidad de La Habana. Me cuenta que todo cubano puede estudiar lo que quiera; el Estado paga. Aunque después te lo cobre con la obligatoriedad del trabajo social, dice irónico.

Le confío mi dilema acerca del cine. Su sonrisa trastoca el rostro vulgar en otro, extrañamente radiante. Me narra historias increíbles. Cómo se apropiaron los funcionarios de grandes fortunas: cuadros, reliquias coloniales, joyas, autos. Las hallaron en las casas que dejaron los que huyeron. También se asignaron las grandes mansiones abandonadas por los ricos, para vivir con sus familias.

Miguel reflexiona un momento y dice: me viene el recuerdo de dos campesinos llorando ante hectáreas de tomate que estaban descomponiéndose en Güira de Melena, mientras en Vedado no había nada para comer. Yo tenía 17 años y estaba haciendo el preuniversitario. Les pregunté el porqué de su condición y la respuesta fue que los señores de acopio no tenían recursos para recoger los productos, ni el combustible, ni la capacidad y menos la voluntad de aprovechar los alimentos en vez de dejarlos sembrados en el campo. Para colmo, les prohibían venderlos y distribuirlos so pena de confiscarles la tierra. Durante meses comimos tomate y aún así nunca hubo solución para los campesinos. Fui testigo del abandono de la gente del campo durante los tres años que estudié en el Pre. Muy contrario a los discursos oficiales. Así aprendí que, para ellos, los logros de la Revolución habían pasado al olvido.

Miguel añade que no le extraña lo del cine. Es la caricatura del pleno empleo, explica. Otorgan los trabajos como prebenda a los miembros del partido aunque no haya nada que hacer y el sueldo sea una miseria. Políticas que no tienen propósito excepto la propaganda. La misma basura de siempre. ¿No se suicidó Maiakovski por eso?

No sé nada de Maiakovski, confieso.

Me explica con exaltación. Es el más importante poeta futurista. La idea de resurrección es constante en sus poemas. La idea esencial. Pero no se trata de la propia resurrección, en el aire, en el cielo o en el infierno, sino aquí mismo. Una vida de futuro, de puro futuro, entregada al arte de reinventarse, sin miedo a la muerte.

Miguel calla un rato, como asimilando el peso de sus palabras. Luego continúa, bajando a realidades más terrenas.

Sin embargo, los defensores de lo viejo siempre quedan bien situados cuando se apaciguan las revoluciones. El futuro que obsesionaba a Maiakovski como una gran promesa por venir, un dorado lugar que sería la gran obra de la Revolución bolchevique, se convirtió ante sus propios ojos en el pequeño espacio mental de los *apparatchik*.

¿Apparatchik?, pregunto, y él ríe, reconociendo que se trata de una broma que sólo tiene sentido del otro lado de la ideología. Es un diminutivo irónico, me informa. Se refiere a los lameculos siempre tan afines a los poderosos. Los burócratas, los aprovechados, los moscardones que giran alrededor del poder como de la mierda.

Nunca podremos sacarnos de encima el poder, pero hay que combatirlo siempre. Lo dijo Foucault, me explica con aire sabiondo.

¿Foucault? Me provoca curiosidad ese dato.

¿Y qué te creías? ¿Que solamente teníamos acceso a los "ladrillos" rusos?

Y luego sigue con su apasionado pensamiento. La máquina capitalista coloniza todo y vuelve a la gente máquinas de consumo... Pero el verdadero enemigo de las revoluciones siempre ha sido el fascismo. Vive hasta en algunos de los más fieles militantes revolucionarios. De allí surgen las arbitrariedades y, peor aún, la defensa ideológica de las arbitrariedades.

El fascismo destruye el hecho asombroso de vivir y lo transforma en algo mecánico. Su única estrategia es el control, la censura y la represión. Todo fundado en un poder vertical e implacable. Para eso no se necesitaba una Revolución en Cuba. La gente ya vivía así.

Y entonces ríe. Tus señoras del cine son grandes *apparatchiks.* Nunca te dirán lo que realmente ocurre en el cine. Repetirán lo que su jefe les ha ordenado. Y así, mentira montada sobre mentira, se maneja la vida cotidiana en Cuba.

Unos niños juegan con un perro a lo lejos. Callamos, abstraídos en las siluetas del perro y los niños reflejadas en el espejo de la arena húmeda, borroso holograma de la realidad.

Miguel regresa a la conversación. Somos una sociedad que ha vivido enmascarada. La gente oculta las cosas para sobrevivir. Los funcionarios de gobierno se atreven a mentir porque saben que la santa ortodoxia los protege. Es el escudo que sirve para justificar las falsedades, los abusos, la ineptitud.

Quizá lo aprendimos de los soviéticos. Stalin nunca se equivoca, decía la gente. Las tribunas, los largos discursos, estaban hechos para faltar a la verdad. Todos lo sabían, quien decía las mentiras y quienes las escuchaban. El pegamento de todo era la salvaje represión.

Cuentan que cuando fue la gran hambruna de Ucrania, durante el periodo de la colectivización de la economía, emigraban convoyes atestados de familias que habían sido sacadas de los gulags. La nieve caía sobre personas extenuadas que no podían levantarse, los pueblos por los que pasaban tenían las puertas y las ventanas tapiadas y estaban abandonados. Una campesina cubierta de harapos había sido arrestada. Quienes la escoltaban la miraban con espanto. Enloquecida por el hambre, se había comido a sus dos hijos. Sí, hubo canibalismo en la Unión Soviética. La gente moría de hambre y los padres se comían a los hijos. Stalin era un calco de esas figuras que el pueblo ruso tanto odiaba: Iván el Terrible o Pedro el Grande.

Esas desgracias nunca fueron contadas porque "oficialmente" eran mentiras. Cualquier crítica al poder se consideraba "revisionismo ideológico" y podía arrastrarte al gulag o a la muerte.

¿Y entonces? ¿Adónde se puede ir si todos mienten?

El rostro de Miguel se abre con una amplia sonrisa. Aclara: El lado perverso de las cosas no destruye la utopía. Maiakovski siempre lo supo. La justicia, la igualdad, son sueños de un futuro que invariablemente está más lejos que nosotros. No podemos abandonar el futuro. Habrá que luchar eternamente por él. No hacerlo sería la verdadera derrota.

Miguel me parece ahora casi un niño. Unos ojos limpios sobre un mundo que no merece su mirada. Él continúa: Me gusta tu historia del cine. Hay que denunciar la perversión burocrática. No sólo son importantes las historias en las que resulta evidente la enormidad de su crueldad, su antihumanismo. Es valioso resaltar las pequeñas historias en las que se tiraniza y amarga la cotidianidad. Eso que te hace dudar, la aparente insignificancia, es justamente su gran virtud. Revela con tu documental la mentira de ese cine. Expongan a los burócratas acomodados, sacúdanlos, despiértenlos. Y ojalá la gente de Caimito pueda verlo.

Me siento repentinamente entusiasmada. Miguel continúa hablando con tono reflexivo. La mayoría queremos que esto cambie. Revolucionar una Revolución que ha caído en el inmovilismo.

Algunos cubanos se ciegan por la posibilidad del retorno al capitalismo: tener a su disposición diez clases distintas de salchichones, la moda al día, un celular de modelo reciente. Y no les importa si para lograrlo hay que convertir a Cuba, otra vez, en una casa de maleantes. Pero hay más gente sacando la tarea, prendidos a los ideales. Queremos seguir haciendo la revolución socialista. Eso nunca se acaba.

El disco solar hace saltar destellos al mar mientras se acerca lentamente al horizonte. Todas las cosas se llenan con la extraña paz que trae el ocaso. Caminamos un rato. Los vendedores de artesanías recogen sus productos. Nos acercamos a ver unos collares. Los vende una mulata que fuma un enorme habano. Al examinar unos elaborados con mostacilla de varios colores, me explica que son de santería. Están tratados y pueden darte mucha protección. Me mira con su mirada de vieja. Y entonces ríe con picardía, como si hubiera logrado ver dentro de mí algo que yo misma no sospecho. Si lo compras, aquí va un consejo: no lo uses mientras tienes sexo. Los orishás podrían molestarse.

¿Los orishás?

Sí, los dioses yoruba.

Compro el collar, me lo cuelgo del cuello y me pregunto si yo tendría el valor de pagar un jinetero. El pensamiento resulta extraño.

Ha empezado a llover.

47

Los hoteles de lujo se alinean sobre el litoral, justo frente al parque que marca la entrada a La Habana Vieja. Dejamos el auto con su dueño. Caminamos bajo una lluvia en estado de extinción, entre las calles más atestadas y cansinas.

Las ofertas de "menús completos" y mojitos al dos por uno sitian el inolvidable bar Floridita. Tiempo atrás, en aquel lugar legendario, Papa Hemingway desafiaba a los presentes con su infinita capacidad para tomar daiquirís. La música que domina el ambiente va perdiendo su belleza a medida que se vuelve alimento de experiencias estereotipadas, compradas como "paquete".

Nos distanciamos de aquellas calles que son un mercado para acercarnos a los barrios donde vive la gente. La hermosura de las niñas espigadas con sus camisolas escotadas en una lenta tarde de domingo. Patios sombríos con plantas vetustas que abren a los intersticios de la imaginación sus misteriosas escalinatas; las memorias de Carpentier, Lezama Lima, Piñeira, parecen alzarse como tótems en ellos.

Comento a Miguel mi melancólica lectura de los patios y recuerda unos versos de Piñeira:

> La maldita circunstancia del agua por todas partes
> me obliga a sentarme en la mesa del café
> Si no pensara que el agua me rodea como un cáncer
> hubiera podido dormir a pierna suelta

Piñeira siempre se sintió encerrado en esta isla, comenta Miguel con sarcasmo. Los poetas a veces son profetas. Todos quedamos así: encerrados.

¿Te sientes encerrado?

No se trata de lo que yo sienta. Es que es así, dice y sonríe. Pero no es importante. Estoy aquí y me ocupo de eso. De estar aquí.

Navegamos suavemente por las calles atravesadas por zanjas ya rancias de esperar la prometida remodelación de La Habana Vieja. Recogieron la reciente lluvia y ahora lucen como ríos tropicales, infestados de mosquitos. Una sobria panadería con estanterías ostensiblemente vacías permanece inútilmente abierta, los niños juegan pelota en medio de los charcos y las carretas de fruta o de cerdo asado reúnen a unos pocos comensales y a una multitud de moscas. Así, llegamos hasta la icónica catedral "sumergida en su baño de tejas" que Silvio Rodríguez nos clavó en la cabeza. Se me ocurre entrar para conocerla.

Miguel niega con la cabeza. Si quieres te espero acá afuera.

¿Por qué?

No puedo respetar las iglesias. ¿Has visto alguna que tenga un altar para el amor humano? ¿La cópula de dos amantes en el altar mayor, por ejemplo? ¿O el beso de una niña? ¿O el abrazo fraterno? Ninguna iglesia sabe qué es lo verdaderamente sagrado. Y mira cómo nos va... Venerando dioses que no vemos, apuñalando a quien nos acompaña en la cama. Dame una iglesia donde se celebre el amor y me vuelvo creyente.

Bueno, Jesús predicó acerca del amor humano, me aventuro a contradecirlo.

¿Y cómo conmemoran a tremendo sabio? ¿Recordando que fue crucificado por subvertir el orden fariseo? ¡Son unos desviados!

¿Desviados? Exageras...

¡Qué va! Sonríe y su cara vuelve a tomar ese tono luminoso de la infancia. Las religiones tienen mentalidad yihadista.

Río de su melodramático disgusto.

¿De qué te ríes? Miguel empieza a hacerme cosquillas, jugando a castigar mi burla. ¿No me crees que son yihadistas?

¡Exagerado!, ¡exagerado!, grito riendo mientras intento liberarme.

Él se pone serio. Y entonces me suelta lo que piensa. A los religiosos no les interesa el amor o la hermandad. Lo que predican son verdades únicas, dioses que demandan sacrificios crueles: juzgar, excluir, matar. Habría que hacer un juicio a esos dioses. El número de sus víctimas a lo largo de la historia supera la capacidad de nuestra imaginación. ¿No es cierto?

Me escruta hondo con sus ojos oscuros. Veo pasar allí dentro algo más que su pregunta. Por mi cabeza pasa un pensamiento furtivo. Quiero besarlo. Él se percata del movimiento de mi deseo. Me arrepiento de inmediato. Miguel es demasiado joven. Y en mi libro, eso es una pared.

48

Llegamos a nuestro destino: la casa de Miguel. Su madre tiene habitaciones para rentar a los turistas. Horas antes lo decidí. Me quedaré a dormir esta noche en La Habana.

Se trata de una edificación relativamente grande, que en su mejor época debió ser una bella casa *art déco*. Por dentro, uno se percata de la burda división del edificio. Varias familias residen aquí. De hecho, se escuchan las voces de quienes viven arriba, en lo que antes quizá fue una terraza.

La casa era de los abuelos de Miguel. Él me enseña la foto de su padre. Murió en la guerra de Angola. Su madre es una rubia oxigenada, gordita y muy cálida que se las espanta con los ingresos del hostal.

No creas que es gran negocio, comenta. Tenemos que pagar impuestos al gobierno haya o no clientes. Así que es un albur.

En la pared de la sala tiene colgados viejos retratos de las rubias célebres de Hollywood:

Marilyn Monroe, Kim Novak, Grace Kelly, Barbara Stanwyck, Lana Turner, Veronica Lake... Me va enumerando esos nombres como quien reza una sagrada letanía. Las níveas diosas de un mundo que desapareció de repente. Una Atlántida estelar que, desde aquí, uno podría llegar a dudar que alguna vez existió.

La nostalgia de Marita no es propia. La bebió de su madre. Ella era una niña cuando triunfó la Revolución. Su madre nació en una familia acomodada que sobrevivió en la Cuba revolucionaria como quien paga una condena.

Marita me informa que, si quiero rentar un cuarto, necesito entregar mi pasaporte para control de la policía.

49

Después de la cena me dan ganas de salir. Pregunto a Miguel si hay algún lugar recomendable para bailar, escuchar música. Pero él me sugiere que lo acompañe. Hoy es una noche especial.

La escalinata de la Universidad de La Habana brilla. Miles de antorchas forman un camino ondulante de fuego para celebrar el cumpleaños de José Martí. Los estudiantes van bajando mientras cantan el himno de la Internacional Socialista. Que yo esté aquí con ellos es algo surreal.

Camino, en medio de miles de jóvenes cubanos, escuchando con fervor aquel canto. Nunca había presenciado a una multitud entonarlo. Me conmueve porque los cantos revolucionarios de la humanidad viven dentro de cada uno de nosotros. Son la voz de la libertad con sus rostros infinitos.

¡Marchemos contra la tiranía! El ulular del pueblo reclama lo que debió corresponderle siempre y sin ninguna duda: libertad, igualdad, fraternidad. La divisa francesa supo resumir el sentido mismo de la dignidad humana.

Pero la dignidad ha sido siempre territorio en disputa. Un ideal que navega entre acantilados. En el mismo instante en que se menciona la palabra, se hace evidente una horrenda mueca de burla, un descreimiento ancestral. *Homo homini lupus.* La condena salta en la cabeza como una advertencia. Y quien dice fraternidad se siente amilanado, como si de pronto hubiera sido pescado en un acto de puerilidad. Ahuyento el temor a mi espontáneo entusiasmo, a mi natural sentido del amor universal. Recibo la antorcha que una muchacha me extiende, marcho con la multitud y siento su fervor.

La Marcha de las Antorchas es un recuerdo que el propio Fidel sembró en la gente en los años de su juventud, cuando su pasión arrasaba muchedumbres. En cada tramo del camino hay muchachos repartiendo panfletos, vociferando discursos. La música reguetonera, hiphopera, devana contenido político sobre los eufóricos danzantes. Las contradicciones de Cuba están allí, claramente articuladas.

Finalmente llegamos al monumento a Martí, donde la marcha culmina. A partir de allí, la gente se dispersa, tranquila. En pequeños grupos se encaminan al malecón, donde conversan o escuchan música en sus aparatos de sonido portátiles, con la naturalidad de cualquier noche habanera.

Para mí, la exaltación no termina. Estoy con Miguel y una energía muy fuerte fluye entre nosotros. Quiero escuchar sus palabras, verlo reírse con otras gentes, rozar la calidez de su cuerpo con mi propia piel.

Nos quedamos hasta la madrugada bebiendo ron, conversando, oyendo la música que, poco a poco, se apaga. La gente se va borrando del paisaje. Sólo queda el latigazo de las olas que chocan contra la soledad del malecón, que las levanta como empinadas astas de espuma. Atrás queda el escenario de la ciudad que dormita. Es lindo este silencio. Nos quedamos mudos, abstraídos por el agujero oscuro e insondable del mar.

Allí, en medio de la calle, en medio de la ciudad, en medio de la madrugada, Miguel se acerca, me mira, me besa en un acto de la más hermosa ternura. Yo acaricio su rostro sin las riendas que detuvieron mis manos durante el día. Me sumerjo en la voluptuosidad de sus labios y descubro que son carnosos. Siento la fuerza de su espalda, el cobijo de sus brazos. El rocío de agua salada nos moja y se une a la sinfonía de sensaciones. Navegamos esa cadencia de cristal frágil y salobre.

De lejos me llega el recuerdo del canto nocturno de las ranas. Resuenan en mi cabeza, pero no son ya guerreros sitiando una fortaleza. Su canto es manso como el río aquel que nos arrulla desde lejos.

50

Muy temprano, Miguel me acompaña al bus que va hacia San Antonio de los Baños. Un largo abrazo antes de partir. Cuesta tanto desprenderse de su calor. Noto que no me quité el collar de santería. Violé la prohibición. Me lo quito de inmediato, como si mi pronto arrepentimiento pudiera servir de silenciosa plegaria a los dioses orishás. Miguel se ríe de mi gesto supersticioso y se despide con una sonrisa que se aleja.

51

Llego tarde a la clase. Todos mis compañeros me miran con curiosidad. Beatriz me hace señas que preguntan la razón de mi desaparición. Yo disimulo, saco mi cuaderno e intento poner atención, aunque mi mente divaga. Belkis aborda a los documentalistas latinoamericanos. Glauber Rocha y Fernando Birri salen a la palestra. Son los dos grandes padres de ese importante proyecto al que llamaron "el nuevo cine latinoamericano".

Los integrantes del movimiento se inclinaban por un "cine de autor" que buscaba tomar distancia de las propuestas del cine comercial e industrializado. Se consideró que el arte cinematográfico era uno de los pilares fundamentales de la cultura de la modernidad, por lo cual había que intervenirlo con ideas descolonizadoras y militantes en contra del subdesarrollo y la dependencia. Querían crear una contracorriente cultural, alejada de la industria cinematográfica de Hollywood.

Belkis pone un video. Se trata de una entrevista con Fernando Birri. Allí en la pantalla está por fin ese señor que fundó la Escuela. Es ya un anciano y su rostro me hace volver a la desarreglada caligrafía que veo cada día en los muros. Sucede algo importante. Birri explica cosas que me hacía falta comprender.

Empieza por contar que nació en una familia que amaba el cine extranjero. Las producciones nacionales les parecían "cine de negros". Pero, siendo adolescente, Birri no miraba cine solamente con su familia. Salía al barrio y se sentaba con la gente a ver las producciones argentinas que le fascinaban, justamente por la misma razón que a su familia le disgustaban: era cine de negros.

Explica que, con los años, cuando descubrió su vocación, viajó al Centro Sperimentale di Cinematografia, en Roma, donde estaba surgiendo una estética que marcaría al cine latinoamericano emergente: el neorrealismo italiano.

Eran los años cincuenta. Se trataba de la estética de lo nacional popular de Gramsci, que tenía, entre otros méritos, el de no ser obsequiosa frente a las formas dogmáticas del marxismo. Todo lo contrario, aun siendo marxismo muy coherente, serio y riguroso para la época, era no dogmático.

Birri hace una pequeña pausa y luego añade: Creo que ésa fue la salvación de todos nosotros. Salvación de ellos (los italianos), pero también nuestra, porque además toda una generación de latinoamericanos —te estoy hablando de García Márquez, Gutiérrez Alea, Glauber Rocha y tantos otros— termina formándose en esa concepción de inspiración marxista pero al mismo tiempo con gran libertad. Es un momento brillante, es un momento hermoso. Todos participamos de aquello con mucha pasión.

"No dogmático." Me aferro a la frase.

Luego explica que Zavattini dirigía "el Centro" en aquella época. Era un "futurista". El rostro de Miguel, cuando me hablaba de Maiakovski, el día de nuestro encuentro, se hace presente. Me sorprendo. Parece que las piezas quieren armarse solas.

Birri continúa: En el futurismo hay una dosis de coraje, de audacia, de insolencia y de desprejuicio frente a la realidad, que son constantes en los movimientos que han aportado algo a la historia de la civilización humana. Un "revolucionario", vamos a usar esa palabra. Una palabra tremenda, reflexiona Birri. Ahora, usarla cuesta mucho porque ha sido tan desvirtuada, tan manoseada, tan degenerada que ya no existe casi, pero la verdad es que él (Zavattini) era realmente un artista revolucionario en el sentido más amplio de la palabra.

Y revolucionario no en el sentido de una militancia política, no. Un revolucionario dentro de sí mismo, o sea, más allá de cualquier esquema político. Era un hombre que se identificaba con un mundo progresista, con aspiraciones comunes, o, si tú prefieres, comunista, pero sin etiquetas.

Eso fue lo que nos salvó a todos de caer arrastrados después, cuando nos cayó encima la fórmula retórica de un comunismo hueco que no servía para nada. Y no sólo no servía para nada, sino que había traicionado realmente sus principios fundamentales.

Escribí aquellas frases del maestro y las subrayé.

Birri continúa: Por esto, la gran lección de Zavattini es entender que más allá de todas las violaciones, más allá de todas las operaciones —digamos así— anticonformistas, de toda la destrucción de tabúes que te impone el mundo contemporáneo como cánones lógicos, lo que hay de fondo es la realidad tal como es, no como te la quieren hacer creer.

De nuevo subrayo la frase.

La entrevista termina. Birri la cierra así: La comunidad latinoamericana era muy rica y muy vivaz y éramos todos realmente muy amigos y nos queríamos mucho y participábamos juntos de las cosas. Pero creo que lo que nos nutrió y lo que nos nutre hasta el día de hoy a los directores que seguimos trabajando en función de una cinematografía nuestra, continental, latinoamericana, sale de nosotros mismos, sale de la misma profundidad de nuestra realidad.

52

Los futuristas querían, por todos los medios, reflejar el movimiento, la fuerza interna de las cosas, ya que ningún objeto es estático. Apareció Marinetti, autor del Manifiesto Futurista. Terminó siendo un fascista acodado con el Tercer Reich; es decir, otro inmovilismo apuntalado en conceptos hechos de roca, como el nacionalismo o el racismo.

En otro lado del planeta, el futurismo ruso produjo a Maiakovski, que se cuestionó: ¿Y si la utopía no es sitio de llegada, puerto seguro, compensación, sino ese impulso total del ser hacia la libertad que está siempre en movimiento?

La Revolución bolchevique fue una obra de arte en movimiento para los futuristas rusos. Chagall, Alexandra Exter, Malévich pintaban los barrios de alegres colores, con desaforado entusiasmo, y eso era una revolución.

Maiakovski clamó por que se destruyeran los museos, porque eran cementerios de ideas viejas.

Se preguntaba: Si habéis disparado a la guardia blanca, ¿por qué habéis dejado viva la obra de Pushkin? Ellos sabían que las estructuras del pensamiento son más rígidas y menos fáciles de transformar que los sistemas políticos.

Por eso, el futurismo proclamó una total libertad creativa como el corazón de la verdadera Revolución. Su ideal consistió en liberar todos los órdenes del pensar con la intensidad de una creatividad sin fronteras.

El impulso de la libertad se topa siempre con los muros de las reglas caducas que se han solidificado. Porque las reglas encarnan solamente de manera fugaz las necesidades del ser. Por eso necesitan ser impermanentes y móviles: es decir, todo lo contrario del establecimiento, todo lo contrario del dogma. Porque todo dogmatismo encierra inmovilidad. Estoy fascinada por esta claridad.

Hago una curiosa conexión: pienso en Kerouac y su novela *On the Road.* Cambió a una generación. ¿Por qué? Quizá porque es un canto a lo que no busca permanencia. Un canto *anti-establishment,* sin dogma. El viaje y lo transitorio como forma de vida.

La inmovilidad es el error crucial de la Revolución cubana. Su establecimiento dogmático asfixia la creatividad. Ahora comprendo plenamente lo que intentó explicarme Miguel, joven revolucionario cubano.

Maiakovski hubiera dicho lo mismo, pero de otra manera. Por ejemplo, habría dicho que "resulta inútil inventar reglas para contar estrellas mientras se corre a toda marcha en bicicleta".

53

Despierto a medianoche, inquieta, con todas aquellas revelaciones revueltas en la mente. El sueño las convirtió en volátiles mariposas y no logro ensartar el alfiler que las inmovilice...

¿Qué tienen que ver aquellos brillantes destellos filosóficos con el asunto del cine?

El pánico me domina; las ideas golpean mi cabeza como las olas de un mar revuelto se estrellan contra un muro de piedra. De más está decirlo. Ya no puedo dormir.

54

Viajamos a Caimito cerca de las tres. Con un calor que derrite toda fuerza interna, la realidad aparece como un desierto duro y ajeno. Paradas frente al cine, no sabemos por dónde continuar. Belkis nos pide pruebas de lo que afirman Ana y Armando. Debemos averiguar si el cine funciona. Y esta labor de hurgar, de aparentar una melcochosa simpatía con Daisy y sus amigas, nos causa resistencia.

En uno de los vidrios luce la improvisada cartelera. Para hoy, a las cuatro de la tarde, la película *Lucía,* con la actriz cubana Raquel Revuelta. Adentro, Daisy ahuyenta el calor de la tarde con pereza; dobla un cuaderno para usarlo como improvisado abanico, mientras se seca el sudor. Se ve de mal humor.

Me quedo un rato afuera, observando aquella imagen. ¿Es esta mujer una revolucionaria? Más parece una acomodada burguesa. Trotski decía que los burgueses no necesitan conciencia porque tienen de sobra con su sala de estar. Da la impresión de que ella tiene de sobra la inutilidad de su trabajo.

La saludamos con una zalamería mentirosa. Pero ella no está para devaneos. Estuvieron hablando con Armando. Es lo primero que nos lanza a la cara con agrio tono de reclamo. ¡Ese viejo chocho! ¿Qué fueron a buscar allí?

Mentimos. Le armamos una historia sacada de la manga. Buscábamos viejas fotografías del cine. No sabe si creernos. Pero Beatriz tiene las fotos guardadas en su móvil y se las muestra. Daisy se distrae y se embelesa al ver aquellos retazos del ayer. Conoce a muchas de aquellas personas que la acompañaron en la infancia y la vieron convertirse en una joven mujer. Era gente del barrio, gente que transitaba las calles, vendía en las tiendas, iba a la iglesia los domingos. Todos conocían el entramado de su intimidad.

Tantos se fueron y nunca más se supo de ellos. Se los llevó el silencio. Como barcos que parten con la proa enfilada hacia una densa neblina y desaparecen, tragados por un Triángulo de las Bermudas imposible de mapear. Ahora son fantasmas. El pasado está repleto de ellos.

Su tono cambia. Nos ofrece café con un rostro que ahora luce marcado por aquellas ausencias y por el estupor que causan las historias truncadas.

Despacio, la conversación se vuelve cómoda. Daisy nos confiesa un dilema que la atormenta:

mañana es el cumpleaños de Rosita Fornés. Chicas, ¿creen ustedes que sería conveniente que la llamara? ¿No pensará que es un abuso de confianza? Es que... no somos amigas ni nada por el estilo. Quizá ni se acuerda de mí...

Pero podría alegrarse, la alentamos. Siempre es una sorpresa que alguien inesperado se acuerde de tu cumpleaños. Todas le aseguramos firmemente que debe intentarlo. Sus ojos brillan como si fuera una niña a quien se le permite un atrevimiento.

En su entusiasmo, pide mi cuaderno y anota en él una frase: "A mis amigas de la Escuela de Cine, con cariños y respetos por su buen carácter, su entusiasmo y simpatía, de quien las admira. Daisy".

Beatriz no permite que este acto de melosidad haga olvidar el propósito que nos trae. Daisy, venimos a la función de las cuatro.

¿La función de las cuatro?, repite ella, despertando. Por lo visto ha olvidado la supuesta función. Es que, chica..., ¿no ven que no ha venido nadie? No podemos pasar una película si nadie viene al cine, ¿no les parece?

Un silencio devora toda la comodidad anterior. El cine no funciona, punto. Nuestro desafío ahora será lograr de ella una confesión frente a la cámara.

¿Y los otros empleados del cine? ¿Cuántos son? El tono de Beatriz es más inquisitivo. La carpeta de las planillas está sobre el escritorio.

Beatriz la toma y lee algunos nombres. ¿Veintiún empleados? ¿Dónde están?

En la mirada de Daisy se advierte un trazo de rabia. Algunos están de vacaciones, otros suspendidos por enfermedad, argumenta. No todos tienen que estar aquí todo el tiempo, ¿verdad? ¿Pero qué es esto, chicas? ¿Un interrogatorio?

Temiendo que se resquebraje su disposición para la filmación, cambiamos de tema. Filmaremos mañana tu rutina diaria, ¿te parece? Luego te haremos una entrevista acerca de lo que pasó con el ciclón.

Acto seguido, Beatriz le explica con toda seriedad: tenemos que grabar una función. De lo contrario nadie creerá que el cine está operando.

Daisy se rasca la cabeza con impaciencia ante este problema innecesario que le cae como mosca en el plato. Toma el colorido pañuelo que siempre tiene cerca, se seca, y luego recurre a ese tic suyo, tan característico: lo hace girar con fiereza como si fuera la hélice de un ventilador. No sé, chicas...

Mayolí, hasta ahora entretenida en barrer, sale en su auxilio. ¡Podemos traer a los pioneros de la Escuela! Hay que pedir hoy mismo el permiso.

Sí, dice Daisy sonriendo, tomándonos como cómplices de un ardid. Quizá piensa que no nos importará filmar aquellas imágenes vacías. En un mundo hecho de mentiras, una mentira más termina siendo necesaria.

Mientras la versión oficial prevalezca, el cine cerrado será un pomposo espacio cultural polivalente. Mientras persista la apariencia, la realidad no perturbará a nadie.

Las mujeres fraguan frente a nuestros ojos el teatral episodio para el día siguiente. A continuación Daisy, con los ojos brillantes de entusiasmo, nos pregunta qué ropa sería la más adecuada para aparecer ante las cámaras.

55

Los ideales que sirvieron para construir la primera revolución exitosa de América me parecen esta noche tan traicionados como aquel bello oso polar que navega sobre lo que queda de un iceberg que se derrite bajo sus patas. El oso no tiene esperanza porque no hay nadie capaz de salvar un iceberg en un mundo indiferente a su ineludible valor.

Entramos a la Escuela y no quiero acompañar a Beatriz y a Laura al apartamento. Me quedo en la cafetería y pido una cerveza. Aparece Belkis con su andar pesado y me pregunta si puede sentarse. Está cansada y su enorme cuerpo resopla por el calor y la fatiga. Pienso en ella como alguien que carga sobre sí el peso de la Historia. Fue militante de la Revolución, corresponsal de guerra, intensa fuerza de apoyo para el cine cubano… y ahora está vieja. Pide un café y me mira con curiosidad. ¿Cómo va todo?

No sé... Es que vuelvo una y otra vez sobre la misma cuestión. ¿Sirve de algo hacer este documental? El engaño de ese cine es cada vez más obvio. Pero ¿qué importa? A nadie parece molestarle.

Belkis sonríe. ¿Sabes que el ICAIC se fundó en marzo de 1959? Apenas habían pasado tres meses desde que las milicias revolucionarias entraron en La Habana. Fue el propio Che quien consiguió que Japón construyera en Cuba un estudio para filmar películas. Como no había dinero, pagó su precio con azúcar. ¿Qué te dice eso?

Bueno, es obvio. Pero ¿por qué era tan importante?

Sabíamos que Cuba era pobre, pero no queríamos que la pobreza material fuera también pobreza del intelecto y del espíritu. En los ideales revolucionarios, la cosa más relevante fue siempre la dignidad, y eso empieza con el derecho a conocer, a pensar. El problema era que casi nadie sabía leer. Por eso el cine tenía que ser el arma más poderosa para difundir el conocimiento, el arte y la cultura.

Desde los años sesenta, el cine recorrió los lugares más recónditos de la isla. Se montaban los proyectores en camiones y se llevaban películas a todos lados. El cine era un vehículo para la transformación.

Sorbe su café y, mientras come un pan que ha sacado con solemnidad de su bolso, nos quedamos en silencio. Luego añade: Una cosa es nunca haber tenido. Otra, perder lo que se ha logrado. Te recomiendo que veas un pequeño documental que está en la videoteca de la Escuela. Se realizó en la época del cine móvil. En la servilleta de papel que me extiende ha escrito: *Por primera vez.*

56

La Cuba de finales de los años sesenta me asalta desde la pantalla. Parece que todo aquel universo es joven. Los trabajadores del ICAIC recorren el país en un camión. Llevan un proyector y una planta eléctrica para que la gente de los lugares más apartados vea películas, y no, no se trata de propaganda.

Viajan veintiséis días de los treinta de cada mes. Trabajan día y noche; duermen en el camión. Los campesinos los ven llegar con curiosidad más que con entusiasmo. El bien que les promete la visita es desconocido y, por lo tanto, no hay deseo ni expectación. La mayoría no sabe qué esperar de eso que llaman "ver cine". Casi nadie ha salido de la sierra porque de allí "no se puede salir".

Me imagino que será como una fiesta, dice una anciana rodeada por sus nietos; un baile, quizá. Otra señora, con mayor conocimiento, explica: Allí aparecen señoritas bonitas, matrimonios, caballería, guerra… y todo, todo. Lo dice con agitación, abrumada porque sus pocas palabras no alcanzarán para la magnitud de lo que alguna vez vio en la pantalla. Una mujer embarazada que carga a un pequeño reflexiona: Debe ser algo que vale la pena, ya que ustedes le dan tanta importancia.

La pequeña aldea se llena de especulaciones, hasta que llega la noche; entonces el proyector ilumina con su rayo de blanca luz una pared de bloques de tierra.

Cuando empiezan a aparecer los rostros, gente que corre por las calles, la algarabía de una ciudad, los ojos de los presentes se encienden. Es la luz de las imágenes reflejada en sus pupilas, pero también es la luz del asombro. Les provoca risa o se quedan mudos. Una señora saca de la boca de su pequeño recién nacido el seno que mama. Lo levanta en vilo para que también pueda ver... Otra mujer se cubre la boca para acallar un gesto de incredulidad. Un mundo rebosante, desconocido, casi irreal...

Esa luz fantasmal refleja la diversidad de la vida. Y eso, tan extraño a su cotidianidad, está aquí, en medio del campo y de las siembras. O quizá ellos están allá, viajando lejos de este macizo montañoso del que nunca los ha dejado salir la miseria.

Azoro. Los ojos son ventanas. Y eso produce nervios, excitación, ganas de señalar la pantalla para que el compañero de al lado también se fije.

Charlie Chaplin despliega su magia. La gente se alboroza, especialmente los niños. Pero pronto tanta risa y tanto asombro hacen que la mayoría empiece a dormitar.

En todo caso, algo ha cambiado. Las imágenes del cine no reproducen el mundo real. Sugieren la posibilidad de los sueños y la imaginación. Curiosa manera de explicar a un campesino analfabeto que existe una dimensión de la existencia donde lo fundamental es soñar. Y quizá no hay regalo más valioso que abrir el espacio a una persona embebida en el gesto básico de sobrevivir para que comprenda que su cruda humanidad tiene una salida. Lo dijo Edgar Morin: la sabiduría del cine reside sobre todo en su capacidad de encarnar lo imaginario…

Aquellos jóvenes que desearon con fervor llevar el cine hasta el recóndito macizo montañoso como un acto de amor hacia los desposeídos, encarnaban lo opuesto de las mujeres que manejan el cine de Caimito. Belkis tiene razón: esto es volver a la vieja lógica del despojo.

57

Entro en mi habitación con gran serenidad y dispuesta a dormir. Laura está desnuda, con sus mínimos senos al aire. Pienso que su aspecto ceniciento y apagado lo desdice aquel cuerpo inquieto y grácil. Al verme se coloca un gabán viejo y regresa a su refugio gris.

Le comento que tiene un cuerpo hermoso. Me siento en la cama y veo con horror una rana pegada en la pared. De un salto me cae encima y grito. Sin pensarlo, le doy un manotazo que la lanza lejos. Laura me reclama con horror. ¿Por qué hace eso? ¿No ve que es un pobre animalito?

Se levanta y, con eficacia digna de una cazadora del Amazonas, atrapa al escurridizo animal. Se acerca para enseñarme a la tierna criatura. La rana se escapa y salta otra vez sobre mí. Debido a la excitación, expulsa de su minúsculo cuerpo un líquido transparente que queda regado sobre mi brazo. ¡Me echó agua!, exclamo con estupidez. No es agua, responde Laura con sapiencia mientras me la quita de encima. Son orines. La coloca sobre su pecho con ternura y sale para depositarla fuera, sobre el ruidoso campo de cigarras.

Me quedo despierta en la oscuridad, reflexionando sobre la filmación del día siguiente. Después me permito algo que he estado frenando todo el día: pienso en Miguel. Pienso mucho en él antes de lograr, finalmente, dormir.

58

Amanece. Estamos tensas, sin saber qué esperar de la jornada. Daisy se ha puesto una blusa de un rosado intenso que resalta su piel negra. Lleva las uñas recién decoradas con esmalte tricolor, y unos poderosos aretes se mantienen en movimiento pendular a cada lado de su cabeza.

Para efectos de la filmación, cierra de nuevo la entrada del cine y aparenta frente a las cámaras que recién llega. Abre las puertas y se dirige a una oficina muy formal dentro del edificio. Este lugar no lo conocíamos. Mientras tanto, recita ante la cámara los propósitos de aquella rutina diaria.

Queremos evidenciar que es algo vacío. Que ella realmente no tiene nada que hacer. Pero en la grabación Daisy logra mostrarse como la ocupada administradora de una empresa seria.

Se sienta frente a sus viejas carpetas con aquellos garabatos que ocupan el tiempo de un trabajo sin demandas. Cada una representa un oficio inútil y hay demasiadas. Ella va enumerando para qué sirve cada una: controles y más controles… Aquí logramos un buen efecto. No hay manera de eludir que aquel rimero de carpetas solamente simboliza el laberinto de una vacía burocracia.

A continuación baja a donde está la pantalla. Camina con su particular gracia, haciendo girar el pañuelito a un costado de su cuerpo. Sus pasos resuenan con el eco de la sala. Noto que el panal de abejas que ayer adornaba una lámpara ha desaparecido. Los pisos están recién lavados, las butacas lucen libres de su mortecina capa de polvo y los hoyos del techo se ven menos dantescos porque hay bombillas en todas las lámparas.

A petición de Laura, colocamos una silla en el escenario. La pantalla es gigantesca y, aunque muy dañada por las goteras, refulge con un blanco brillante. Daisy se mira pequeña e indefensa sentada allí, demasiado arreglada para un día rutinario.

Mis compañeras me han designado para llevar la entrevista. Empiezo por preguntar cosas sencillas. Quiero que se sienta cómoda: le pregunto cuándo empezó a trabajar en el cine, qué memorias guarda de los mejores días… Luego empezamos a hablar de la tragedia del ciclón. Ante las cámaras, sostiene su tesis: la caja de fusibles resultó dañada. Sin embargo, las funciones continúan de forma cotidiana. Éste es un centro cultural de gran aprecio para la gente del pueblo porque, como todos saben, los cubanos son amantes del cine.

La percibo confiada. Es el momento. ¿Qué películas pasaron esta semana en el cine, Daisy? Ella enmudece. La pregunta se queda tanto tiempo sin respuesta que el silencio se torna agresivo.

Se lleva a la frente el colorido pañuelo para secarse el sudor; luego lo hace girar como hélice. Voltea a ver hacia los costados, como si de aquellos oscuros resquicios, atorados de artefactos rotos y ennegrecidos de polvo, pudiera salir una contestación adecuada para la sencilla interrogante.

Como el silencio no puede durar más, responde con otra pregunta: ¿Cómo así, chica? ¿Podrías repetir? En lugar de contestarle, le planteo una nueva interrogante: ¿Y la semana pasada? ¿Qué películas exhibieron? De nuevo el confuso silencio. ¿Para qué se necesitan veintiún empleados en un cine que no funciona? ¿Por qué no vienen a trabajar?

Los ojos de Daisy naufragan buscando un punto donde establecerse para no ser arrastrados hacia el vórtice de mi mirada inquisitiva. Ella no puede contestar porque ni esta semana, ni la anterior, ni en largos años ha habido funciones en este cine. Se trata de una farsa.

Justo cuando parece que se va a quebrar, que la tensión la empujará a confesar abiertamente la verdad para liberarse del peso de tanta impostura, que el enjambre de mentiras saldrá despavorido de su boca hacia esa puerta inusitada que abre el ojo de una cámara, el timbre del teléfono empieza a sonar. Es un timbre insistente que no para y que se estrella contra el interminable silencio que se ha endurecido.

¡Pero, chica...! ¡Que alguien conteste ese teléfono...! Daisy se levanta de la silla y *de facto* da por terminada la entrevista. El peso de la inercia la regresa al puntual desempeño de su papel.

La llamada tiene que ver con la filmación. Están avisando que los niños ya vienen hacia acá. Simularemos que hay una función en el cine. Mayolí se apresta a preparar la sala. Saca de la bodega una viejísima televisión. Está empolvada y con muestras evidentes de que ha permanecido olvidada una eternidad. Cuando intenta conectarla, el cable eléctrico es demasiado corto y no alcanza la toma de corriente. ¡No tienen una extensión!

Mayolí corre a la calle para pedir prestada una a los negocios vecinos. La cámara no cesa de filmar. Sacan el equipo de DVD de una caja y con trepidante nerviosismo intentan dilucidar cómo funciona (resulta que alguien lo facilitó para la ocasión). Por supuesto, no hay ningún *video beam*. La situación se torna cada vez más ridícula.

Cuando finalmente logran poner las piezas en su lugar —televisión y DVD funcionando—, entran los niños de la escuela, ordenados y uniformados con su pañuelito de pioneros.

La televisión se ve minúscula al frente del cine. Solamente los niños situados en las primeras tres filas pueden verla. Los que están sentados atrás no solamente no ven las imágenes; tampoco pueden escuchar los diálogos. Aburridos, empiezan a empujarse, a lanzar papelitos y a reírse de sus propias travesuras.

Las imágenes que estamos filmando son una fiesta. ¡Todo tan penosamente obvio! Además de que el cine no funciona, hay un malicioso intento por construir una apariencia. La peor acusación resulta ser ésa.

59

La entrevista con Octavio Pereira, el burócrata, pasa rápido y sin mayores incidencias. Para filmarla escogemos una locación que subraya el aburrimiento y la precariedad de una mente burocratizada: un grupo de archivadores grises y un escritorio desnudo, sin actividad aparente ni propuesta. Sólo el torso de un hombre que recita, y al hacerlo semeja el muñeco de un ventrílocuo.

Octavio habla en nombre de la organización política del Estado. Repite el discurso oficial según el cual el cine de Caimito es un espacio cultural polivalente. Las filas de gente los fines de semana dan vuelta a la esquina, etcétera, etcétera. Termina con una frase sentenciosa, de esas que aman los funcionarios: El cine es cultura y la cultura es el alma de la nación.

Contrapuestas a las ridículas escenas que recién hemos captado, sus declaraciones grandilocuentes son un insulto. La magia del montaje dejará esto en claro.

60

Nos dirigimos a la casa de Armando con infladas expectativas. Es la entrevista estrella. En ella quedará evidenciada la parte dramática de todo el asunto. La historia de Ana y Armando es la del pueblo cubano. La otra orilla del mar.

Armando nos abre la puerta, pero no quiere dejarnos pasar. Nos lo comunica así de claro: ha tomado la decisión de no aparecer en el documental. La entrevista se cancela, dice de forma tajante, mientras intenta cerrarnos la puerta en la cara.

Su mujer, pequeña de estatura, está detrás de él y lo insta con suavidad a que permita la entrada "a las muchachas". Con reticencia, Armando retrocede unos pasos y deja hacer a su mujer. Entramos, procurando mantener la serenidad en medio del ruido del tráfico y la estupefacción.

Ana nos lo explica con toda sinceridad. Anoche, el comité del barrio amenazó a Armando. Le dieron instrucciones precisas de no hablar con nosotras. El tema del cine es delicado.

Imagino la bola de nieve que produce un sistema basado en el "control social": los vecinos de la cuadra son denunciados por la presidenta del comité de vigilancia; la presidenta del comité, por el jefe de la zona; el jefe de la zona, por un miembro del partido; el miembro del partido, por el comité provincial; el comité provincial, por el comité nacional; el comité nacional, por un agente de la Seguridad del Estado, y éste por un superagente, hasta llegar al absurdo. Sí, delicado. Cuando el control pretende ser absoluto, las cosas más sencillas se convierten en asuntos "delicados".

La labor de convencimiento es larga. Más de una hora. Finalmente logramos alcanzar un acuerdo. No preguntaremos nada sensitivo. Solamente los aspectos familiares, los recuerdos, nada comprometedor. Además, Ana se ofrece a ser entrevistada también, como una manera de dar confianza a su marido.

Así, con miedo y tensión, empieza la entrevista. Conversamos de los viejos tiempos, cuando se inauguró el cine. Ana describe la época en que se volvió propiedad del Estado cubano y ella trabajó como su administradora. Era el verano del 65… Recuerda que llegaban muchas películas soviéticas. Sus ojos se iluminan al contar que todavía añora *Moscú no cree en lágrimas,* una de las favoritas.

La atmósfera es cálida. El rostro de Armando ha alcanzado su natural relajación y sus ojos bondadosos se endulzan con las buenas memorias. Entonces me atrevo. ¿Por qué ahora el cine no funciona?, pregunto con audaz traición. Él se queda mirando a la cámara, confuso. Entre dientes murmura: Ah, yo no sé nada de eso. Se levanta, acompañando su gesto abrupto de una retahíla de ¡ya!, ¡ya!, ¡ya!... Luego añade: ¡Esto se terminó!

En ese momento sucede lo inesperado. Ana toma la palabra. El cine no funciona porque es utilizado para fines políticos por el partido y el Poder Popular. Ya no es un lugar para la gente. Allí trabajan más de veinte personas que no hacen nada. Nadie va a ese cine... Nadie puede ir. No hay funciones.

Su marido la mira con estupor. No dice nada con la boca, pero sus ojos gritan con una mezcla de enojo y horror. Ella voltea a verlo y reconoce aquella mirada. La habrá visto otras veces. Con fiera convicción, responde a las palabras que Armando no ha pronunciado: No pude quedarme callada. Tú lo sabes: lo único que puede salvarnos es la verdad.

61

Lo más sustancial de nuestra historia ha ocurrido ante nuestros ojos. El valiente gesto de Ana nos inspira. Nos lanzamos a la calle para realizar entrevistas a los transeúntes.

El cine en Caimito es una farsa…

Aquí no hay cine desde hace diez años…

A veces llegan comediantes y ofrecen algún espectáculo, pero es raro.

No, nadie va allí. Caimito es un descaro.

No sé, no conozco ese cine.

¿Cine? Nunca he visto una película ahí. Es más, nunca he visto películas en pantalla grande.

¿Y no va a La Habana para poder verlas en pantalla grande?

¡Qué va! Para eso se necesita dinero… Nadie tiene dinero por aquí.

Además de las palabras, las expresiones corporales, los gestos de la gente revelan disgusto, descreimiento, reclamo. Conforman un coro que proclama una esencial falta de confianza. Todo lo que llega de ese lugar "oficial" es falso, una baratija.

En medio de la agitación, no advierto que Laura no está con el equipo de filmación. Suena el celular del camarógrafo. Es ella. Le pide que regrese al cine con el resto del equipo.

Nunca se me pasó por la cabeza que Laura todavía tenía argumentos para sostener el capricho de su historia. Creí que todo el asunto de "Daisy y el ciclón" estaba saldado. ¡Pero no es así! Mientras caminamos de vuelta al cine, el camarógrafo dice que Laura pretende darle vuelta a la historia en la mesa de edición.

Cuando llegamos, ella espera afuera. Vuelve a la carga: dice que nos ha llamado porque aún falta ir a casa de Daisy.

¿A casa de Daisy? Beatriz hace un elocuente gesto de frustración.

Laura me toma del brazo y me lleva aparte: ¿No recuerda? Vamos a filmarla viendo películas en la televisión, con los pies metidos en unas cómodas pantuflas y apoyados sobre la mesa, sacando chucherías del refrigerador... Ésa es la escena que cierra el documental. Lo acordamos desde el principio. ¿No recuerda?

No quiero decir nada. Me siento demasiado enojada. La visita es inútil, pero estamos agotadas. Ya arreglaremos las cosas más tarde.

Laura ha ofrecido a Daisy un bombón para convencerla: la filmará junto al póster que Rosita

Fornés le autografió. Es difícil saber qué pasó por su cabeza pero, contra toda predicción, aquella mujer tan cerrada a mostrar su privacidad aceptó. Su única exigencia fue un plano cerrado de la dedicatoria.

Caminamos por las calles de Caimito hasta alcanzar el lugar donde vive. Ella abre la vieja puerta de una casa con evidente necesidad de reparación. Cuando entramos, nos recibe un vacío total. No hay muebles, cuadros ni adornos. Sólo un banco de hierro sin respaldo frente a una vieja televisión, un par de hornillas y trastos viejos. La falta de repello en las paredes traslada al ambiente un aplastante tono gris. Las ventanas están cubiertas con periódicos para proveer de privacidad al minúsculo hogar.

Daisy entra en su habitación, sin puerta; una cama sin patas reposa en el suelo. Junto con un pequeño ropero, es el único mueble de la estancia. Triunfante en medio de la pobreza, brilla Rosita Fornés.

La foto reproduce la imagen de la típica diva de los años cincuenta: senos picudos, vestido *strapless* y un estático pelo rubio, tieso de gomina. Nos mira desde aquel sitial con su impecable sonrisa profesional y la pose de una mujer nacida para ser idolatrada.

La pobreza de Daisy es un duro golpe para mi soberbia. Su participación en la corruptela del cine está atada a esta circunstancia. Ella no pertenece al selecto círculo de privilegiados que gozan de una vida de opulencia. No hay en su vida lujos inmerecidos, glotonería ni lujuria. Lo que hay es el ciego impulso de la sobrevivencia. Un salario apenas suficiente y la innata determinación de defenderlo con las garras.

Ya no me siento capaz del juicio implacable, ya no me siento dueña de la daga de la verdad. Para ser franca, ya no sé cuál es la verdad.

Laura se siente confundida. No hay manera de realizar la escena que ha imaginado. Daisy no tiene refrigerador, chucherías ni pantuflas. El banco de hierro es demasiado básico para dar la idea de una señora comodona. La televisión es demasiado vieja y sería un milagro encenderla. ¿Cómo crear la apoltronada escena que incita a la risa en este escenario de la realidad?

62

Llamo a Miguel desde la pizarra de la Escuela. Quiero verlo. Dice que esta tarde hay un programa de radio que se graba todos los sábados, en vivo, desde el conocido club de La Zorra y el Cuervo en La Habana. Me invita a ir con él.

Me largo en un taxi. Llego justo a la hora acordada. La Nueva Trova, el rock cubano, la feroz timba de los nuevos salseros. La gente baila con una energía que lo inyecta todo. Incontables mojitos, música y danzantes parecen exorcizar con sudor todos los demonios. En aquel sitio no es posible pensar; justo lo que necesito. La música es abrumadora. La música es lo único que existe.

Entregarse al cuerpo, al sudor, a la difusa anestesia del alcohol, a la cercanía del cuerpo de Miguel, a su abrazo, al deseo que siento por él. Evitar cualquier resquicio por donde se pueda colar un silencio que me acuse.

63

El montaje del documental se convierte en un lento y tortuoso trabajo. Ha terminado la ilusión de aprender, de mostrar, de develar. Ahora solamente hay un sordo malestar que tiene que ver con asumir esa confusa relatividad de las cosas que ensombrece las prístinas verdades ideales.

Y, como saldo, sólo queda la carne urgente de seres humanos que luchan contra fantasmas sin rostro ni sustancia. Todos en el mismo viaje de confusión, pequeñez e incertidumbre.

Por eso, el producto final, lejos de ser una contundente denuncia, termina siendo un ejercicio de clase, melancólico y modesto.

64

Es la última noche antes de entregar el corte final. Laura y yo nos encontramos en la cafetería. Charlamos un poco, intentando no tocar el tema del documental. Luego de un comentario sobre las películas que hemos logrado grabar en la videoteca de la Escuela para nuestra colección personal, me mira con la perdida complicidad de los primeros días. De forma sorprendente, me pide que sea yo quien ponga nombre a nuestra obra.

Le contesto con entera honestidad: No tengo idea de cómo podría llamarse.

¿Y si buscamos esa cinta de la que habló Ana en la entrevista?

¿Cuál?

¿No lo recuerda? *Moscú no cree en lágrimas,* la película soviética de los años setenta.

La hallamos en la videoteca. Se trata de una bella obra, mezcla de propaganda política acerca de la industrialización y la fuerza laboral femenina, y un drama amoroso telenovelesco.

La pista sonora es una anhelante trova llena de melancolía. Un canto de amor a una ciudad singular: Moscú.

No surgió de buenas a primeras
Tantas veces como fue quemada,
renació de sus cenizas
Crece como un árbol hacia el cielo,
además, cielo se cree
a la Tierra descendido
Alexandra, Alexandra
¿Qué serpentea ante nosotros?
Son semillas de fresno,
bailando un vals sobre el pavimento
Moscú no escondió sus angustias
Moscú vivió todo tipo de cosas
pero desgracias y penas
se inclinaron ante ella
Alexandra, Alexandra
Esta ciudad es tuya y mía,
nos volvimos su destino,
mírate en su rostro
Alexandra, Alexandra…

Al final del penoso proceso que acabamos de vivir, ver aquella película, tan cargada de memoria e historia, me hace pensar que, sin importar la complejidad de los intereses políticos o personales, el cine de Caimito debe volver.

¿Por qué? Porque más allá de cualquier vicisitud, digresión filosófica, dogma político o justificación de la pobreza la gente merece tener un cine.

A estas alturas, Laura y yo hemos bebido la mitad de una botella de ron y no sentimos empacho en llorar juntas y a moco tendido. Tomamos una decisión. Añadiremos al documental un gran final: el cine apaga sus luces, y en aquella pantalla grande, otrora dañada, aparece otra vez, como entonces, una película gloriosa: *Moscú no cree en lágrimas*. Será nuestra manera de recordar a la gente lo que ha perdido. Nuestra manera de acicatear su recuperación.

Alexandra, Alexandra, continúa aquella voz que pronuncia incomprensibles palabras en ruso. Vemos a Armando salir de su casa. Voltea la cabeza para mirar hacia la acera de enfrente, donde está la marquesina de un cine con la arquitectura de los años cincuenta. El nombre de aquel viejo recinto es Charlie. La cámara enfoca la mirada acabada y acuosa del anciano, donde pesan muchas cosas, pero donde también brilla la luz de quien espera algo del porvenir.

Antes de volver. Fue el nombre que escogimos aquella noche para nuestro documental. Futurismo puro. La ruina del cine, su pausa, su espera, las sillas vacías, la pantalla inerte, los agujeros del techo abiertos para cobijo de los murciélagos, las lámparas apagadas que sirven de cómodos panales a las abejas, son una realidad. Pero no una realidad inconmovible. La utopía siempre tiene el tiempo a su favor.

65

El día del estreno, la gran sala de proyección Glauber Rocha se abre al público que viene de Caimito. Llegan juntos Daisy, Armando y Ana. Estamos muy nerviosas. ¿Qué pasará cuando Daisy vea el documental? Nos odiará. No querrá volver a saber de nosotras. Me siento a conversar con ellos. Pensé que habría tensión entre la gente del pueblo por las amenazas que precedieron a la entrevista de Armando. Pero nada de eso parece haber dejado huella en aquellas personas que se muestran amistosas y confiadas.

También han llegado los invitados que participaron en los otros documentales: el beisbolista Wychín con su esposa Myrella, Curoque el Zorro de Caimito y las vecinas que lo cuidan. La gente de Alma Danza; Daniel, el dueño del bicitaxi, y Acela con su ahijado Ariel.

Tras un rato de amable conversación, nos invitan a pasar a la sala. Yo no quiero sentarme cerca de ninguno de ellos. Soy cobarde. Laura asume con valor la carga de acompañar a Daisy. Yo me ubico en la fila de atrás. Desde allí observo aquella silueta con sus gestos iniciales de agrado y expectación. Aquel lenguaje corpóreo pronto empieza a expresar incomodidad (el pañuelito viaja constantemente a su frente) y se convierte en urgencia por salir luego de susurrar algunos comentarios al oído de Laura.

Al encenderse las luces hay lágrimas de agradecimiento en los ojos de Ana. Armando casi no puede hablar, pero entre balbuceos se levanta y pide la palabra: dice que aquella obra significa algo muy grande para él y su familia. Nos busca con la mirada, paseando su rostro por la sala. Al encontrarse con nuestros rostros, agradece de corazón. Sin saber qué mas decir, exagera: asegura que somos como sus hijas. Que su casa estará siempre abierta para cuando queramos volver.

El director de la Escuela informa que convidó a los miembros del partido para la presentación, por si querían aclarar lo expuesto en el documental, pero que nadie respondió a la invitación.

Cuando terminan los discursos, Daisy sale como un rayo. Nosotras corremos detrás porque hay que reparar las cosas. No logramos alcanzarla antes de que suba al bus. La buscamos de ventana en ventana. La hallamos sentada en las filas de atrás, con los brazos fuertemente cruzados, mirando hacia el frente, con el perfil esculpido en piedra.

Golpeamos el vidrio. ¡Daisy!, ¡Daisy!

Ella no puede irse sin nuestras disculpas y nosotras no podemos volver a casa sin una despedida. Por un instante, voltea el rostro. Lo hace sólo para penetrarnos con esos punzantes aguijones en que se han convertido sus ojos. Suplicamos su perdón con la mirada; queremos explicarle tantas cosas, pero no hallamos las palabras.

Lo vemos escrito en su rostro. No perdonará jamás aquella exposición pública. Daisy no es el personaje de una novela. No es un pretexto divertido ni un estereotipo para justificar una denuncia. Ella es "alguien", es decir, una sólida existencia humana. Con eso no se puede jugar.

Vemos el bus largarse. Desaparece por la vereda polvorosa. Ellos vuelven a su vida. Nosotros nos quedamos con eso: la confusión y el dolor.

Al día siguiente nos despedimos de la Escuela con lágrimas y un atroz sentimiento de pérdida. Antes de salir del edificio, vuelvo a leer las palabras: "Para que el lugar de la Utopía, que por definición, está en 'Ninguna Parte', esté en alguna parte." La poderosa frase de Birri me hace total sentido.

"Si la historia oficial tergiversó hasta el absurdo la narrativa histórica, la primera obligación de los cineastas será componer una contrahistoria. Para hacerlo, no hay que acudir a las voces autorizadas de los académicos, sino a los relatos orales de miembros de los sectores populares. La reescritura de la historia debe concebirse como un mecanismo puesto al servicio de la lucha presente."

Fernando Birri siempre dijo cosas fundamentales.

66

Regreso a Guatemala. No olvido a Miguel. No puedo ir a ninguna iglesia sin extrañar, en el altar mayor, la cópula de los amantes. Y cada vez que estoy en una playa, la brisa marina me trae memorias de Maiakovski, con su locura, su lucidez, su compromiso.

Pasados unos meses, recibo un correo electrónico. Es de Daisy. Me saluda con tono afectuoso, como si ningún daño hubiera afectado nuestra amistad. La comunicación trae una noticia inesperada: el documental fue presentado a los habitantes de Caimito. Ocurrió en el cine Charlie, utilizando un *video beam*. Según Daisy, eso sirvió para que las autoridades ¡finalmente! repararan la sala. El fin de semana habrá una ceremonia de inauguración, con un proyector nuevo. Los habitantes de Caimito verán una película en la pantalla grande. Muchos de ellos tendrán esa experiencia… por primera vez.

No puedo contenerme. Le contesto de inmediato y, en aras de la memoria, le ruego que el día de la inauguración exhiban *Moscú no cree en lágrimas.*

67

Antes de volver… A veces, sin intención alguna, el confuso misterio de las cosas hace, de torpes e improvisados actos humanos, puntuales profecías. Y, en medio de nuestra fundamental impotencia, hay cosas que se pueden cambiar.

La experiencia de la realidad es filosa como cuchillo. Pero permite una poesía que no es fabricación ni fruto del talento. Nace del testimonio de la propia gente, de la increíble fuerza de la vida.

68. Año 2016 (meses antes)

El marxismo puro soñaba con una sociedad sin opresión. Pero las prístinas ideas chocan con el tren de la realidad y se desvían de un rumbo que, imaginado, brilla sin mácula.

La criatura se volvió irreconocible para sus padres, los idealistas revolucionarios. Cada quien lo explicará a su manera. Lo cierto es que millones de personas vivieron aquellos relatos épicos de transformación y pagaron con su propia existencia la experiencia de la Historia.

El castillo tan poderoso de la URSS cayó, como predijo Trotski, a manos de los hambrientos del poder y los burócratas. Rusia, desembarazada de sus antiguas anexiones, se volvió pasto abierto para las mafias. "Y el lugar del marxismo-leninismo lo ocupa ahora la doctrina de la Iglesia ortodoxa rusa [...] En la calle me cruzo con jóvenes que llevan camisetas con la hoz y el martillo, o con el rostro de Lenin. ¿Sabrán esos jóvenes qué es el comunismo?" Es la muerte del hombre soviético, como lo cuenta Svetlana Alexiévich.

El cambio inevitable también parece sobrevolar Cuba. Barack y Michelle Obama, llenos de estilo y corrección política, se pasean por las calles de La Habana. Aviones abarrotados de turistas norteamericanos llegan otra vez. No puedo sino imaginarlos trayendo de vuelta escenas como aquella inolvidable de la película *Soy Cuba:* rubios divirtiéndose en manada alrededor de una piscina poblada de sinuosas mujeres. Beben demasiado, comen demasiado, transforman lo que tocan en un escenario baladí.

Llega el viernes santo. Se ha reunido un mar de personas alrededor de un deslumbrante escenario. El cambio de dirección en esa veleta que es el tiempo trae a la ciudad un lucido concierto de los Rolling Stones.

Aquella música, tan largamente prohibida, enardece a las multitudes. Llega a este aislamiento como regalo del capitalismo: un fastuoso concierto gratuito patrocinado por la Fundashon Bon Intenshon que apoya proyectos de caridad. Detrás de la pantalla está el empresario Gregory Elias, presidente de la United Trust, una importante firma de asesoría para los paraísos fiscales en el Caribe.

Justamente a las 22:40 horas (prácticamente la misma hora en que meses más tarde caería Fidel en manos de la muerte), Mick Jagger grita a la multitud: ¿Están listos? Dos segundos después, en la noche cálida, aquellos músicos más famosos que Jesucristo (como diría John Lennon en el momento cúspide de su fama) rasgan con sus guitarras esos acordes del himno a la incansable codicia capitalista: "(I can't get no) Satisfaction".

"Tus sueños deben ser grandes", gritan al oído miles de mercaderes vestidos de profetas. David Foster Wallace, con su estatura de genio, lo expresó en *La broma infinita:* la tristeza del capitalismo está en la adicción al consumo de toda clase de cosas. Sí, inatrapable tristeza surge de esa fallida posesión.

Aquellas verdes ranas de la Escuela asaltaban los viejos edificios que brillaban en la oscuridad como anhelados paraísos. Manejadas por el oscuro deseo, morían dentro, de hambre y de sed. Quedaban secas y arrugadas en los márgenes de un mundo estéril.

La perversidad del consumo infinito radica en que nunca sacia. Resulta irónico ver cómo los ricos y poderosos se parecen tanto a los paupérrimos: están condenados al hambre.

"I can't get no satisfaction" es el inquietante clamor que nos acecha desde la uniformidad capitalista. Fueron a sembrarlo, ¡también allí!, los Rolling Stones cuando llegaron a La Habana.

Lista de películas

Estimado lector, para que pueda apreciar las ricas referencias documentales y cinematográficas a las que los personajes de esta novela tienen acceso, le sugerimos buscar los siguientes títulos:

1) *Memorias del subdesarrollo.* Tomás Gutiérrez Alea, 1968. 97 min.
2) *Nanook, el esquimal.* Robert J. Flaherty, 1922. 79 min.
3) *El hombre de la Cámara.* Dziga Vertov, 1929. 67 min.
4) *Olympia I* y *II.* Leni Riefenstahl, 1938. 226 min.
5) *Crónica de verano.* Edgar Morin y Jean Rouch, 1961. 85 min.
6) *Las estatuas también mueren.* Chris Marker y Alain Resnais, 1953. 30 min.
7) *Yo, un negro.* Jean Rouch, 1958. 70 min.
8) *Por primera Vez.* Octavio Cortázar, 1969. 9 min.
9) *Moscú no cree en lágrimas.* Vladimir Menshov, 1979. 142 min.
10) *Soy Cuba.* Mikhail Kalatozov, 1964. 141 min.

Cuando los Rolling Stones llegaron a La Habana de Carol Zardetto
se terminó de imprimir en junio de 2019
en los talleres de
Litográfica Ingramex S.A. de C.V.,
Centeno 162-1, Col. Granjas Esmeralda, C.P. 09810,
Ciudad de México.